LAS CHICAS ESTÁN BIEN

ILARIA BERNARDINI

LAS CHICAS ESTÁN BIEN

Editado por HarperCollins Ibérica, S. A.
Avenida de Burgos, 8B - Planta 18
28036 Madrid

La chicas están bien
Título original: The Girls Are Good
© Ilaria Bernardini 2022
© 2024, para esta edición HarperCollins Ibérica, S. A.
Publicado por HarperCollins Publishers Limited, UK
© De la traducción del inglés, Carlos Ramos Malavé

Diseño de cubierta: Pedro Viejo Diseño
Imagen de portada: Dreamstime

ISBN: 978-84-10021-96-9
Depósito legal: M-33476-2023
Impreso en España por: BLACK PRINT

¿Hasta qué punto puede la música
anular el dolor?
Ella abre la lista de reproducción.

DIANE DI PRIMA

LUNES

Dentro de siete días habrá una gimnasta muerta y, sin embargo, al abrir los ojos, me parece que todo sigue igual. Aunque, claro, mi vida es un bucle y todo me parece siempre igual. Mi primera alarma me despierta a las seis y cinco; la segunda, a y diez. Me gusta la primera porque existe la segunda, esos cinco minutos son solo míos. No pienso en nada, no soy nada. Son los cinco minutos más largos de mi día. A las seis y diez me despierto del todo, chasqueo el cuello, estiro los brazos, las manos, cada uno de los dedos. Me levanto y siento la moqueta bajo los pies. Me hace cosquillas, como de costumbre. No es una de esas moquetas suaves, como la que tienen en casa de Anna. La nuestra es barata y beis, el color más barato que existe, si exceptuamos el gris de colegio. Mi padre dice que no pasa nada por ser pobres, porque nos queremos y, mientras contemos con nuestro amor mutuo, lo demás no importa. Siempre me aseguro de decirle que sí con la cabeza, pues de lo contrario mi madre y él se pondrían aún más tristes y yo, además de pobre, me sentiría mezquina.

Me lavo el rojísimo cabello, me miro en el espejo mis muchísimas pecas, me visto y cierro la bolsa de viaje. Rodeo la silla dos veces, me subo la cremallera del chándal de mi equipo y vuelvo a mirarme mis muchísimas pecas. Abro la puerta, golpeo dos veces el picaporte y bajo al salón. Que también es comedor, sala de estar, cocina y el dormitorio de mis padres. Me como los cereales, me bebo el zumo.

—Te echaremos de menos —dice mi madre tras darme un beso—. No te olvides el pasaporte.

—Nos vemos dentro de una semana —dice mi padre desde el sofá cama—. ¡Rómpete una pierna, ratoncita!

Sí que es verdad que nos queremos. Aunque mi madre tenga la mirada triste y aunque mi padre parezca más deprimido que nunca. Yo no los echaré de menos. Nunca los echo de menos, nunca lo he hecho y nunca lo haré. Pero quiero ganar por ellos o, al menos, clasificarme para la final individual en este torneo para que quizá —gracias a mí y a mi camino hacia las Olimpiadas—, algún día puedan tener su propio dormitorio. O por lo menos una cocina. Así podría dejar de sentirme culpable por fingir a veces que no los conozco cuando vienen a verme competir.

Ahora tengo quince años, pero tenía solo cuatro cuando empecé a practicar gimnasia. Por ese entonces, nadie sabía si se me daría bien, o si acabaría siendo alta o baja. Tampoco tenía ni idea de que, a partir de cumplir los diez años, me vería obligada a entrenar a las siete de la mañana, antes de ir al colegio. Y luego otra vez desde las tres hasta las siete de la tarde, ni que tendría que hacer los deberes durante la cena, dormir y volver a levantarme a la mañana siguiente, seis días a la semana, para entrenar de nuevo a las siete y así sucesivamente. No sabía que los domingos quedarían destinados para siempre a las competiciones ni que mis días serían tan repetitivos. No sabía que acabaría gustándome que las cosas se repitan. Al menos la mayoría de ellas. Pese a que las sesiones de entrenamiento y los ejercicios nunca se repiten realmente, dado que, incluso en esa repetición, siempre se producen cambios. Y en la vida de una gimnasta siempre hay cambios. Como hoy, por ejemplo, que volamos a Rumanía para competir. Eso es nuevo.

Y la novedad me asusta y, al mismo tiempo, me entusiasma.

Abro la puerta de casa y veo que por la carretera llega el minibús de nuestro equipo. Atravieso el jardín, siento el frío gélido en las mejillas y el viento hace que me lloren los ojos. El cielo está más encapotado de lo normal. Igual que mi pelo hoy me parece más rojo de lo normal. Un rojo fuego. O quizá más bien un rojo fresa. Me envuelvo con la bufanda, después lo hago dos veces más, antes de seguir con mi vida y todos los movimientos que esta exige. Caminar, desde luego. Estar con otras personas. Respirar, sonreír.

Rezar para no morirme.

Dentro del autobús reina el silencio. Ninguna de mis compañeras de equipo me mira. Anna y Benedetta van dormidas, Nadia y Carla ni se molestan. Rachele, nuestra entrenadora, me sonríe, aunque siempre se esfuerza demasiado. Cuando sonríe. Cuando habla. Cuando hace cualquier cosa. Yo la saludo discretamente con la mano y después le hago un gesto con la cabeza a Alex, el fisioterapeuta. Incluso desde aquí huelo la última copa que se ha tomado. Y, como todos los días durante los últimos cinco años, huelo sus cigarrillos, y luego el olor de sus cigarrillos sobre mi piel. El olor de su cuerpo sobre mi piel. Y esa es otra de las cosas que aprendí cuando tenía diez años.

—¿Has dormido bien esta noche? —me pregunta.

—Sí —le respondo.

Lo imagino con su mujer, durmiendo bien pese a los horrores de los que es capaz. A lo mejor ella también detesta su olor. A lo mejor también trata de quitárselo con agua, alcohol, o arañándose la piel con las uñas. ¿Será verdad que Alex solo nos tocará mientras parezcamos niñas, como dice Carla? ¿O eso también será mentira? Quizá eso signifique que, cuando cumpla los dieciséis, a lo sumo los diecisiete, dejará de hacerlo, y esa será la única ventaja de hacerme mayor.

Esa y, también, poder comer más.

El único asiento vacío se halla junto a Nadia y Carla, así que me siento ahí y las tres decimos «hola». Hay una hora de camino hasta el aeropuerto, luego un viaje de tres horas desde Italia a Rumanía, y ya empiezo a notar claustrofobia. Golpeo la ventanilla dos veces, subo y bajo la cremallera, cuento hasta cien. Las demás van escuchando música en sus teléfonos, pero yo aún utilizo un viejo iPod que heredé de la peluquera para la que limpia mi madre. Tengo que encenderlo y apagarlo unas cuantas veces antes de que funcione. Nadia y Carla observan mi artilugio antediluviano y cierran ambas los ojos, justo al mismo tiempo. Es como si las viese a cámara lenta, una coreografía que han ensayado. También está el sonido del movimiento que hacen sus larguísimas pestañas, y ese sonido también tiene eco.

Cualquier cosa que hagan Nadia y Carla, incluso respirar, siempre parecen hacerlo juntas. Quizá incluso sus latidos estén sincronizados. Quizá sus nombres, ambos de cinco letras, formen parte de una unidad superior. Carla lleva más maquillaje y faldas; Nadia siempre viste pantalón de chándal. Una es rubia y la otra de pelo oscuro. Pero es probable que tales diferencias se decidieran en la fase de planificación para que hicieran una mejor pareja.

Cuando las conocí, tenían ocho años. Antes de aquello, solo las había visto en el campo de entrenamiento, pero nunca se mezclaban con nadie más. Venían a visitar el club de Rachele, donde yo entrenaba. Carla ya era un prodigio. Además de famosa por haber protagonizado un anuncio de televisión en el que le decía a un chico de su misma edad «¡Mira lo que sé hacer!», y entonces se lanzaba a hacer tres rondadas y un doble salto mortal hacia atrás. Aterrizaba, sonreía y se sentaba a la mesa para devorar una barrita de cereales que supuestamente le daba la energía necesaria para realizar esas acrobacias. El chaval se apartaba, alicaído, pero Carla corría tras él para darle también una barrita y entonces ambos se ponían contentos.

Sé que debió de escupir esa barrita de cereales en cuanto gritaron «¡Corten!».

Recuerdo pensar que quería ser ella y preguntarme cómo sería posible que pudiera sonreír ante la cámara con tanta naturalidad después de hacer un doble salto mortal hacia atrás con giro. Entonces me di cuenta de que yo siempre estaba intentando sonreír para los jueces y para los entrenadores. También para mi madre y mi padre.

Todas dábamos una buena impresión desde fuera. Aún la damos. Aunque a algunas se nos da mejor fingirlo.

Selecciono la lista de reproducción de mi rutina de suelo y la pongo bajita, porque no soporto que la música me haga daño en los oídos. Sigo las notas y visualizo un movimiento para cada una de ellas —la carpa frontal, la voltereta lateral sin manos—, después me imagino la melodía sin la letra. Me visualizo con gran elegancia haciendo un doble salto mortal hacia atrás y hacia delante, un tic-toc doblando la espalda para formar una *V* invertida, antes de realizar el salto con *split*. Si mi mente me ayuda, si mi cuerpo me ayuda, esta semana añadiré un giro triple, que hace ya unos meses que me sale bastante bien. Me imagino derramando una única lágrima de satisfacción después de hacerlo, y sonriendo a los jueces.

Después al mundo.

Me hago un ovillo en el asiento, de espaldas a Carla, y me duermo. Puedo dormir en cualquier parte; me enseñó mi madre.

Incluso de pequeña, podía quedarme dormida sin problema debajo de una mesa mientras ella limpiaba despachos, o mientras limpiaba en la peluquería, o en el autobús nocturno cuando regresábamos de alguno de sus trabajos más alejados. Me quedo dormida de inmediato y muy profundamente. No sueño con nada. No soy nada.

Cuando me despierto, estamos en el aeropuerto y Nadia y Carla se están riendo del culo de Rachele, que dicen que cada vez parece más grande, más gordo y más flácido.

—Se le ve la celulitis desde aquí —dice Carla.

—Se le ve a través del chándal —confirma Nadia.

—Se le ven los platos de pasta con salsa que se comió. Se le ve también en la cara, tiene la piel tan brillante como el queso. ¿Hueles la *mozzarella*?

Nadia se ríe. Siempre se ríe cuando Carla está siendo mala. O cuando Carla está siendo cualquier cosa, la verdad. Se ríe y la adora.

Yo las sigo, haciendo que parezca que no las estoy siguiendo; me odian cuando me acerco demasiado, y me odio a mí misma cuando me acerco demasiado. De modo que camino junto a ellas, pero un paso y medio por detrás. Carla hace oscilar sus caderas y su bolso de diseño, que lleva estampadas unas letras enormes. Ahora está hablando de que, la semana pasada en el colegio, estuvo flirteando con su profesor durante un examen de historia. Le preguntó si de verdad era importante saber qué enfermedades existían en la Edad Media. «¿No deberíamos preocuparnos por otras cosas?», preguntó supuestamente. Entonces le dice a Nadia que parpadeó de un modo muy explícito.

Llevo ya años escuchando a Carla y a Nadia. Las he oído analizar el crecimiento —o el no crecimiento— de sus tetas, de mis tetas, y examinar con atención a cada chico, a cada chica. Las he oído, una por una, confesar sus obsesiones, anécdotas y secretos familiares. También llevo ya años viendo a Nadia mirar embobada a Carla en la ducha, admirar su salto mortal hacia atrás en el gimnasio. Elogiarla. Amarla.

Sé que la ama. Todas lo sabemos.

También sé que, en casa de Carla, rezan mucho. Leen la Biblia durante la cena y en la cama, antes de irse a dormir, y luego la leen un poco más durante el café del desayuno. Si comen juntos a mediodía, pues, claro, entonces acompañarán la comida con más Biblia. Que lean la Biblia juntos durante el café del desayuno, o cuando comen pollo a mediodía, es el motivo por el que los padres de Carla decidieron que dejara de hacer anuncios. No importaba que fuera famosa antes de que Dios entrara en sus vidas. Era algo que estaba permitido. Sin embargo, ahora ya no es la manera apropiada de dar gracias al Señor por el preciado talento y el don que le ha concedido a Carla.

—Eres el ángel gimnasta de Dios —le dicen.

Y, aunque Carla se burla de ellos, me pregunto si parte de esa afirmación se le habrá quedado dentro. Sí que parece creerse un ángel. Esa fe, junto con su capacidad de volar, debe de ayudarla a no caerse del potro. Ni en las barras. Ni nunca.

La madre de Nadia es muy diferente de todas las demás madres. La tuvo con nuestra edad y, desde luego, no quería tenerla. Ahora solo tiene veintinueve años y no le importaría que Nadia llevase a un chico a casa a dormir con ella. A Nadia no le interesa llevarse a un chico a dormir, pero nos lo cuenta para que sepamos cómo es su madre, que Nadia y ella hablan de cosas divertidas, como el amor, los amantes y el sexo, y cómo romper con los novios sin hacerles daño a ellos ni a una misma. Nos cuenta todo esto para que veamos que hablan. Que ella existe.

—No cometáis mis errores, chicas —nos dijo su madre una de las pocas veces que pasamos tiempo con ella—. Nada de embarazos antes de los veinte. O incluso los treinta. Tener hijos es una idea terrible.

Yo miré a Nadia y me pregunté qué sentiría al oír su nombre con frecuencia en una advertencia sobre errores y malas ideas.

En el aeropuerto, somos las pasajeras más bajas de los que hacen cola para embarcar en el vuelo *low cost*, y Anna y Benedetta son las más bajas de las más bajas, aquí y puede que en el universo entero. Ese es solo parte del motivo por el que casi nunca nos fijamos en ellas. El otro motivo es que les da tanto miedo todo que han escogido el silencio como manera de fingir que no están aquí. O que no están vivas. O en peligro. Carla les ha puesto a Anna y a Benedetta el apodo de las «Inútiles». Antes solo las veíamos cuando entrenábamos para entrar en el equipo nacional porque ellas venían de clubes lejanos, y Carla siempre nos recordaba que los suyos eran clubes de gente pobre. Para las gimnastas de la gente pobre. Pero entonces Rachele las invitó a apuntarse a nuestro club, así que aquí están. Aquí están inútilmente. Carla también repite que tanto las Inútiles como el equipo de chicos de nuestro club son una vergüenza. Los chicos ni siquiera llegan nunca a los campeonatos, y ella dice que deberían ser camareros, carpinteros, o desaparecer, desintegrarse. Quizá incluso morir.

Rachele siempre defiende a los chicos y a las Inútiles.

—Son tus valiosos compañeros de equipo —le dice a Carla—. Sabes muy bien que, cuando ellos ganan, tú también ganas.

Pero, por mucho que Rachele nos lo recuerde, Carla nunca lo deja correr. Y hay que reconocer que nunca ganan, las cosas como son.

—No nos pasemos, entrenadora —le dijo Carla a Rachele la última vez—. Benedetta, a pesar de su espectacular anorexia, es como un elefante en la barra de equilibrio. Anna le tiene miedo al potro y, cuando hace un ejercicio de suelo, se mira los pies. ¡Son patéticas! ¿Por qué permite que compitan con nosotras?

En la cola para embarcar en el avión, igual que en cualquier otra parte del mundo exterior, la gente se queda mirándonos. Supongo que tenemos una pinta rara, somos chicas pequeñas con piernas musculosas y el pelo muy arreglado, todas ataviadas con una sudadera idéntica. En el gimnasio, nuestros cuerpos me gustan, los valoro, pero aquí me siento deforme. Me gustaría llevarlo escrito en la frente: SOMOS GIMNASTAS. ¡En este deporte es una gran ventaja tener el cuerpo pequeño como el nuestro y unas piernas supermusculosas! ¡No queremos pechos! ¡No queremos tener la regla! ¡No pasa nada por tener osteoporosis a los trece años, no pasa nada por no ser altas! ¡Lo importante es ganar y que este cuerpo sea fuerte y no resulte bonito cuando estamos haciendo cola!

Pero todas esas palabras no me cabrían en la frente.

Rachele siempre dice gracias a Dios que tenemos esta complexión, gracias a Dios que somos bajas y no tenemos tetas, y gracias a Dios que casi ninguna tiene la regla, y que debemos dar gracias a Dios por nuestros cuerpos, tan pequeños y a la vez tan fuertes. De lo contrario, no podríamos brillar en este deporte ni ser campeonas ni hacer de la gimnasia la orgullosa representación del poder y la fortaleza de la nación. Por eso aquella que engorda está acabada. O aquella que crece está acabada. O aquella a la que le crecen las tetas está acabada, salvo que pueda soportar que la envuelvan con vendas. Nuestro cuerpo es nuestra posesión más preciada. También es por eso por lo que vivimos y viajamos con un fisioterapeuta. Y por eso tenemos sesiones diarias con él. En teoría, las sesiones sirven para proteger nuestra posesión más preciada.

En la práctica, es ahí dentro donde se nos rompe todo.

—Las chicas están bien —le dirá Rachele a cualquiera que pregunte si queremos comer un poco más, o entrenar un poco menos, o si estamos satisfechas con esta vida en la que nos llaman adefesios, elefantes o pringadas, mientras trabajamos, sudamos y soportamos el dolor en nuestros ejercicios.

—Estamos bien —confirmamos. Y decimos que sí con la cabeza. Y sonreímos.

En nuestro país hay casi cuatro mil gimnastas a nivel de competición. Apenas una docena son tan fuertes como nosotras. ¿Física y mentalmente tan fuertes como Carla? No creo que haya nadie. Quizá por eso sea capaz de no hablar nunca de Alex. Quizá por eso sea tan combativa. Nuestra disciplina consiste en ejercicios de suelo al ritmo de la música, la barra de equilibrio, el potro y las barras asimétricas. Realizamos todos los ejercicios individualmente, pero nos puntúan como individuos y como equipo. Es un deporte olímpico y a lo que aspiramos es al equipo nacional y a las Olimpiadas. Por esa razón Carla y Nadia se trasladaron al norte con sus familias y empezaron a entrenar en mi gimnasio. Por eso Anna y Benedetta se esfuerzan por encajar también. Rachele es conocida por ser la mejor. También es la más dura, vale, y ahora sabemos que además es una mentirosa y oculta cosas, vale, pero en sus manos puedes tener opciones de llegar a las Olimpiadas. Ha proporcionado más medallas de oro que ningún otro entrenador del país. Aunque nunca sabremos cuántas de esas gimnastas querían morir.

—Sé la mejor versión de ti misma —dice siempre—. Pregúntate si deseas ser prisionera del pasado o pionera del futuro.

Me pregunto si vio esa frase estampada en alguna camiseta. O en un meme de internet. Me pregunto si, cuando menciona el pasado, pensará en el horrible pasado que sabe que compartimos. El horrible presente que sabe que compartimos. Y si eso cambiará el tipo de pioneras en las que podríamos acabar convirtiéndonos en nuestro futuro. Me pregunto si creerá que, como pioneras, volveremos en busca de venganza. O si sabrá que, para entonces, estaremos totalmente destrozadas.

Te pasas años en los que no haces otra cosa que mejorar, saltar más alto, volverte más precisa, más elegante. Pero, conforme te aproximas a los dieciocho, según nos cuentan, no haces más que empeorar, engordar. Ese momento será desagradable, salvo porque supondrá poder librarnos de Alex, de sus dedos en nuestro interior y de su olor impregnado en nuestra piel. Ni siquiera queda tanto para que llegue. Más o menos tres años hasta que llegue nuestro declive. Es un poco como si supieras cuándo vas a morir, lo cual resulta extraño, teniendo en cuenta que apenas has empezado a vivir de verdad. Podría resultar útil, vale, porque has de tomar decisiones, saber cómo quieres pasar los últimos días de tu vida, lo que quieres dejar como legado, por qué deseas que te recuerden. Y has de tener en cuenta que, aunque creas poder decidir por qué serás recordada, a fin de cuentas, tanto en la gimnasia como en la vida, en realidad no lo decides tú.

Podrías caer antes de tiempo. Podrías morir antes de tiempo.

Las chicas altas, por ejemplo, incluso las que son brillantes y llegan a nivel de competición, tarde o temprano acaban por desaparecer y, para la mayoría de ellas, eso supone una tragedia. ¿Qué tenían que ver con ellas esos centímetros de más? No pidieron ser más altas, jamás desearon tener esa altura extra. Sin embargo, los huesos de sus espinillas se hicieron más largos, y se les ensancharon los hombros, cosa que parecía más apta para la natación o para la halterofilia. Sus espaldas duplicaban en tamaño a las nuestras y, desde atrás, esas espaldas parecían decirnos adiós.

Al menos eso era lo que me decían a mí, pero no podía contárselo a nadie porque habría resultado extraño tener que explicar eso de que unas espaldas te dicen adiós.

Y luego siempre tenemos a Khorkina, la rusa que, pese a insultar a veces a las demás gimnastas por ser unas débiles o unas quejicas, o por acompañar sus frases con amenazas de castigos divinos, da esperanza a todas las gimnastas altas. Mide un metro sesenta y cinco centímetros y es el claro ejemplo de que, tras pasarse años embutida en vendas y muerta de hambre, cualquier cosa es posible. Incluso ser alta y campeona suprema. Incluso que te apoden «El flamenco de Belgorod». Incluso que te den palizas y tú lo agradezcas. Si quieres llegar a ser algo, claro está, como dice ella. Si quieres ser una pionera.

En sus últimas Olimpiadas llevaba un maillot negro hecho de cristales de Swarovski. Lo llamaba su maillot de boda.

Pero sale una Khorkina cada diez o veinte años y, en estos diez o veinte años, ella ha sigo la escogida, con ejercicios creados especialmente para ella, modificados para ella, de modo que incluso un giro sobre sí misma con su metro sesenta y cinco de estatura pueda resultar un movimiento elegante. Ahora esos movimientos forman parte de su repertorio y llevarán su nombre por los siglos de los siglos. Y, cuando tu nombre se repite por los siglos de los siglos en gimnasios de todo el mundo, en algún momento llegas a oírlo y a sentirlo, sin duda. Sentirás que alguien dice «Khorkina» en China, o en un pequeño gimnasio de España, o tal vez en Japón. En un vuelo por Canadá, alguien irá murmurando: «Ahora voy a intentar hacer la combinación Markelov-Khorkina», y eso debe de ser precioso.

Rachele está repasando las normas del viaje: teléfonos móviles apagados en el gimnasio, buenos modales durante el viaje y en el hotel. Responsabilidad y respeto hacia nuestro propio cuerpo porque cada uno de nuestros cuerpos es el cuerpo de todas las demás. Debemos cuidar de nuestras compañeras de equipo y también del país anfitrión. Debemos ser educadas. Sonreír. Dar las gracias.

Ser buenas chicas.

Viéndonos desde fuera, una no pensaría que las compañeras de equipo competimos también las unas contra las otras. Individualmente, cada una de nosotras tiene el potencial de ganar su propio evento, de derrotar a una compañera de equipo que se ha convertido en enemiga. Nadia contra Anna en la barra de equilibrio, por ejemplo, o Benedetta y yo tratando de superarnos la una a la otra a todas horas en el potro. Pero no hay manera de competir con Carla, y a una ni siquiera se le ocurriría tratar de medirse con ella. Y Nadia, que es la segunda mejor, parece satisfecha tal cual está. En general, parece satisfecha con que Carla consiga lo que quiere.

—Ni se os ocurra practicar ninguna rutina romántica —dice Rachele, tratando de hacerse la graciosa.

A nosotras no nos parece graciosa. Nos parece repugnante. Carla se burla de ella e imita con las manos la forma de su flequillo, tan rígido que bien podría estar hecho de escayola. En una ocasión, después del entrenamiento, vi a Rachele aplicándose montones de laca en el pelo. También estaba pintándose los ojos con kohl y la boca con un lápiz de labios marrón para crear el contorno y después rellenarlo con esa pasta densa. Estaba esforzándose por parecer guapa, pero le lloraban los ojos. Quizá fuera el lápiz de ojos negro, o a lo mejor es que sabía que, aunque se pintara los labios, seguiría sintiéndose sola. Y, de un modo u otro, está al corriente de demasiadas cosas que nos han sucedido, y también a ella misma, como para volver a sentirse feliz o guapa alguna vez. Es culpable. No hay cantidad suficiente de lápiz de ojos negro y pintalabios naranja como para lograr tapar eso.

—Ella sí que va a practicar —le susurra Carla a Nadia, con el volumen suficiente para asegurarse de que la oigamos todas—. Hará cosas raras con algún tío raro que conocerá en algún bar raro de Rumanía.

Carla empieza a inventar sus propias reglas.

—Regla número mil trescientos seis: respetar a los pobres rumanos que son pobres —dice—. Regla número cien mil siete: no les toques las tetas a otras chicas. Regla número dos millones trescientos: no les toques a los gimnastas chicos la polla ni ¡las narices!

Todas nos reímos. O al menos hacemos ese ruido que parece risa.

Rachele nunca se enfada demasiado con Carla. Es nuestra campeona y por eso siempre se sale con la suya. Se sale con la suya con muchas cosas que a nosotras, que somos buenas pero no campeonas, nos están prohibidas. Hablar a gritos. Hacer daño a las demás. Mentir. Nosotras tampoco nos enfadamos con Carla. A lo sumo ponemos los ojos en blanco cuando no nos ve. O apretamos la mandíbula y rechinamos los dientes.

Sin ella no seríamos nada.

Un aguacero golpea los enormes ventanales del aeropuerto, envuelto en mitad de una tormenta. Todas volvemos a ponernos los auriculares —yo escojo una banda sonora para la tormenta— y esperamos a que pase el tiempo y a que cesen los relámpagos. A Nadia le da miedo volar y se está poniendo pálida. Le dan miedo tantas cosas que hemos perdido la cuenta: caerse de las barras asimétricas, estar en la oscuridad, subirse a un ascensor, quedarse encerrada en cualquier tipo de estancia, incluidos los baños públicos. Los ruidos fuertes e incluso los muy ligeros, como cuando alguien susurra.

—Me acojonan —dice—, como si trajeran mala suerte.

Carla siempre dice que Nadia es medio pobre, pero no «una muerta de hambre como Martina». Y Nadia siempre anda recordándonos que, si alguien conoce a alguien que necesite niñera, ella está libre los sábados por la noche. Su casa es muy pequeña —es más como una habitación— y su padre estuvo ausente desde el principio. Su jovencísima madre cuida de gente muy vieja, pero solo lo hace parte del tiempo. Está intentando sacarse un título para poder ganar más dinero.

—Tengo que enmendar mi error —dice.

Por otra parte, Carla es, según sus propias palabras, «medio rica», lo cual significa muy rica. Su familia tiene un coche, una moto, dos trabajos, tres bicicletas y dormitorios suficientes para cada uno de ellos. Además, comen carne por lo menos tres veces a la semana. O eso nos dice. Se van de vacaciones a Sharm-el-Sheik o a Yerba cada dos años, y en verano van a la costa. Si Carla quiere, puede comprarse faldas y camisetas nuevas y no tiene que llevar la ropa heredada de su prima, como me pasa a mí. Carla tiene un hermano adoptado, Ali, y lo llama «mi medio hermano medio negro». Como si quisiera demostrar algo, dado que sus padres son tan religiosos, dice que ella no cree para nada para nada para nada en Dios, pero sabemos que reza antes de irse a dormir. Y siempre que viajamos lleva la Biblia consigo. También sabemos que quiere a Ali porque, cuando este acude a las competiciones, ella lo abraza cien veces diciendo «Te quiero, mi medio hermano medio negro».

—Durante una tormenta, el fuselaje puede canalizar la corriente de aire de modo que esta golpea el avión, generalmente sin que suceda nada malo —explica Nadia.

—¿De verdad has dicho «fuselaje»? Yo jamás en mi vida diría la palabra *fuselaje* —asegura Carla—. Y también has dicho «canalizar». Me estás asustando, así que cállate, ¿quieres?

Cuando nos dejan subir al avión, somos las únicas a bordo que van sentadas cómodamente. Los asientos están tan pegados unos a otros que la gente con una altura normal tiene las rodillas casi en la boca. Yo voy sentada junto a un hombre que apesta a algo como fruta podrida, o algo podrido, y va leyendo el periódico. Se queda detenido en la página con la previsión meteorológica durante todo el despegue, y después emplea al menos veintisiete minutos en la página dedicada al fútbol.

Es posible que, al pronosticar su vida a través de las temperaturas diarias, él también esté intentando ser el pionero de su futuro.

En mi casa nadie lee el periódico. A mi madre le gustan las revistas de cotilleos que encuentra tiradas por la peluquería, pero, como solo trabaja allí si alguien está enfermo, apenas logra quedarse con ninguna. A veces las hojeamos juntas y nos reímos o comentamos las historias de amor o las exclusivas sobre personas de las que nunca hemos oído hablar. Se casan. Tienen hijos. Se ponen los cuernos. Engordan. Adelgazan. Gritan y lloran. Mueren. A veces mi padre lee cosas sobre caballos, los ganadores y los perdedores, y revistas de carreras aburridísimas con artículos sobre cosas como cuál es el mejor heno para dar de comer a tu caballo, y la respuesta siempre es heno de buena calidad. También lee cuadernos de pasatiempos del bar de su amigo Nino, aunque por lo general la mitad de los pasatiempos ya los ha resuelto otro. Yo no sería capaz de explicar por qué nuestra situación económica es tan mala o por qué hemos de utilizar cosas que ya ha usado antes otra persona, ya sean camisetas o cuadernos de pasatiempos. Debe de haber una razón, pero no sé cuál es. Una vez lo pregunté y la respuesta que me dieron fue otra pregunta: «¿Quieres algo que no tengas?». Yo podría haber respondido con una lista. Podría haber respondido con unos cuantos dibujos. Pero dije «no», porque eso también me parecía cierto.

24

No quería nada que no tuviera.

Apago mi iPod de segunda mano y me quedo mirando las nubes de fuera. En las alas advierto un polvo brillante, aunque quizá sea cosa de mis ojos. El cielo es de un azul intenso y desde aquí parece un lugar seguro. Estrellarnos no me parece posible y la tormenta está muy por debajo de nosotras. Si pudiera, me pondría de pie sobre un ala y le haría una reverencia al universo igual que se la hago a los jueces, y me lanzaría a ejecutar una sucesión interminable de Yurchenkos. Me encantaría aterrizar en algún bosque, isla o río inexplorado, con una sonrisa perfecta y los pies bien clavados en el suelo.

—Soy Martina —diría—. Soy buena, ¿lo veis?

En el asiento de atrás, Carla va leyendo en voz alta el cuestionario de una revista.

—¿Eres celosa? —le pregunta a Nadia—. Estás en un bar y un chico guapo te está mirando, aunque está con otra chica. ¿Qué haces? a) Miras hacia abajo; b) Le devuelves la mirada; c) Te acercas a su novia y le dices que el chico la engaña.

A Nadia ni siquiera le da tiempo a responder antes de que Carla empiece a poner en duda el cuestionario.

—¿Cómo coño vas a saber con quién está el chico? —pregunta—. En las películas, siempre es la estúpida de su hermana, puesta ahí a propósito para hacerte pensar que es su novia. Desde luego, yo haría esto con la lengua.

No veo lo que está haciendo Carla con la lengua, pero me lo imagino. Repetición. Bucle.

Nadia se ríe y dice «Qué asco», también «Quita la lengua de la ventanilla o vas a pillar hepatitis, ébola, malaria».

—¡Chorradas! —responde Carla, luego agrega—: El caso es, hablando de lenguas, que me he besado con mi vecino de al lado. El fumeta. Quería hacerle una paja, pero me aburrí a la mitad.

Cuando oigo la palabra *paja,* casi me trago el chicle.

Carla se asoma desde detrás del asiento y me grita: «¿Nos estabas escuchando bien, Martina? ¿Nos estás espiando, chivata?». Nadia también asoma la cabeza, sonríe y no dice nada. «¡Martina se está poniendo cachonda!», exclama Carla, y yo me pongo roja y me preocupa que ponerme roja haga que parezca que de verdad estoy cachonda.

Cosa que a lo mejor también estoy.

Entretanto, el hombre que huele a fruta podrida y va sentado a mi lado sigue leyendo el periódico con atención, ahora asuntos de economía, cosa que debe de parecerle de lo más interesante, al menos tan interesante como la temperatura en Tokio. Transcurrida más o menos otra hora, empezamos a descender. Vuelvo a ponerme los auriculares y lo primero que veo en este nuevo mundo es la nieve caer. Veo cómo tiñe de blanco el universo, cómo convierte la tierra en un mapa más sencillo, compuesto solo de puntos negros que hay que ir uniendo del uno al noventa y nueve para ver qué es lo que sale al final. ¿Quizá un premio? Y quizá mi premio podría ser no tener que oír a nadie ni hablar con nadie nunca más. Podría dejar de hablar y todo sería más sencillo. Me convertiría en la chica que nunca habla y, en ese papel nuevo y fácil, quizá incluso alcanzase algo de fama.

—¿Cómo empezó todo? —me preguntarán en las entrevistas.

—Con el silencio —responderé.

Lo primero que oigo después de que el capitán anuncie que hemos aterrizado en Sibiu, Rumanía, y que la temperatura en el exterior es de menos tres grados, es a Nadia riéndose aliviada. Carla empieza otra vez con sus teorías perversas alimentadas por sus padres, por la tele y por toda esa gente de mierda. Según ella, Rumanía es un país asquerosamente pobre y horrendo incluso desde la ventanilla, incluso desde el aeropuerto. Si existe un lugar en el que podríamos morir en un avión, ese lugar es Rumanía. En Rumanía comen perros, se comen los unos a los otros, comen patatas crudas negras y mohosas pensando que son una exquisitez. La gimnasta Angelika tiene que morir y podríamos llenarle la boca de ramas diminutas para que se atragantara para siempre.

—En YouTube he visto que se está poniendo gorda —comenta—. Es una gimnasta de mierda, fea y desesperada. Me gustaría escupirle en los ojos hasta que se quedara ciega.

A veces Nadia dice que, cuando Carla dice esas cosas, ella las ve de verdad, como si ocurrieran en la vida real. Mira a Carla para demostrarle que está visualizando sus palabras. Sonríe, como si ser capaz de visualizar los fantasmas de las palabras de otros fuera una especie de don. Pero a mí no me parece un don, y tampoco creo que a Nadia le guste realmente ver las cosas de las que está hablando Carla, porque son tan crueles y asquerosas que te dan ganas de vomitar y llorar. Yo también acabo de ver la imagen de Angelika con escupitajos saliéndole de las cuencas vacías de los ojos, con la boca llena de ramas diminutas. Yo también acabo de verla muerta.

Y ahora ya no sé cómo quitarme esa imagen de la cabeza.

Cuando nos bajamos del avión, pasamos por el control de pasaportes. Recogemos nuestro equipaje y lo primero que respiramos en este nuevo mundo blanco es una bocanada de hielo. En el tiempo que nos lleva abrigarnos con nuestros gorros y bufandas, ya estamos en el minibús. Esperando para compartir el trayecto con nosotras hay un grupo seleccionadores del equipo nacional que deben de haber llegado en otro vuelo, o quizá hayan venido hasta aquí caminando y partieran hace meses. Todas decimos «hola». Alex y Rachele se ponen en plan formal, falsos y amables, y a todas nos da repelús, igual que como cuando ves a tus padres intentando hacerse los graciosos y enrollados. Igual que como cuando en casa tus padres gritan y te pegan y te odian, pero cuando llega alguien, se vuelven simpáticos y cariñosos, y eso duele aún más que cuando te pegan en la cabeza y en el estómago.

Al menos eso es directo. Al menos sabes qué hacer con ese dolor.

Me subo y me bajo varias veces la cremallera del abrigo del equipo, tratando de encontrarle algún orden y sentido a este día, a este nuevo paisaje. Carla se saca del bolsillo un paquete de ositos de gominola y los comparte con Nadia, que se mete un puñado en la boca. Comprueban que no haya nadie mirándolas, entonces mastican y tragan. Puede que Nadia esté dándose un capricho por sobrevivir al vuelo. O por sobrevivir a las palabras de Carla. Yo cuento hasta cien para dejar de desear esos ositos de gominola y, en su lugar, trato de prestar atención mientras Rachele va enumerando la lista de atletas con las que debemos tener cuidado, así como nuestras tareas cuando lleguemos al hotel y el horario de nuestras sesiones de entrenamiento y nuestras competiciones.

—Bueno, menudo hotel. Más bien es un complejo vacacional de los tiempos de la guerra —comenta Carla, que ya lo ha buscado en Google.

—Es el típico programa de una semana —prosigue Rachele—, con entrenamiento mañana y pruebas clasificatorias de equipos al día siguiente.

Entonces será cuando se marchen los peores equipos. Las pruebas clasificatorias individuales serán el jueves y, después de eso, la final por equipos. La final del evento será el sábado y, para quienes pasen esa fase, el domingo tendrá lugar la final general individual, también llamada All Around, en la que las gimnastas clasificadas competirán entre ellas en todos los aparatos. Solo las mejores llegarán hasta la final general. Todas queremos llegar ahí, por supuesto, pero sobre todo debemos desear que Carla esté presente en ese podio.

Un cuerpo, un corazón.

Lo último que dice Rachele mientras ascendemos por las carreteras de montaña, justo antes de llegar al hotel de los tiempos de la guerra, es: «Carla, siéntate como es debido, se te ven las bragas», ante lo que Carla se sonroja durante un segundo, y en ese instante me imagino a Alex imaginándose esas bragas. Y las nuestras.

Pero Carla ha escogido ser Popeye.

—Verme las bragas no es algo malo —responde—. Llevan bordados los días de la semana. Anna, ¿quieres comprobar que llevo las del lunes? Como ya estabas mirando, lo mismo podrías sacar provecho a tu maravilloso sentido de la vista.

Anna no estaba mirando, de modo que no sigue mirando.

En el hotel, situado en la linde del bosque Cozia, las habitaciones ya han sido asignadas y resulta que a mí me toca compartir una triple con Carla y Nadia. Anna y Benedetta pensarán que es un trato inmerecido, como si dormir en la misma habitación que la campeona constituyera algún tipo de privilegio. Pero a mí me dan náuseas solo de pensar que tendré que pasar con ellas seis larguísimos días.

Estoy acostumbrada a estar sola y me gusta estar sola. Ni siquiera les he pedido nunca a mis padres tener un hermano o una hermana; aunque tampoco podríamos alimentar otra boca más. Siempre he pensado que es mejor ser hija única. Casi hasta disfruto de nuestras cenas para tres, mamá, papá y yo, cuando no nos queda nada que decirnos y solo hay silencio, que estoy segura de que parecería algo triste visto desde fuera. Pero diría que es un tipo de silencio cómodo, en el que resulta fácil encajar. Sin embargo, si estamos callados cuando estamos en público, haciendo un pícnic en el parque, por ejemplo, o haciendo cola para algo, y alguien nos mira, empezamos a hablar de inmediato, porque nos avergonzaría que alguien pensara que somos una familia infeliz.

Y sonreímos. Y supongo que, en cierto sentido, también hacemos una reverencia.

En nuestras habitaciones, deshacemos la maleta y elegimos cama. Bueno, yo no elijo. A mí me asignan la mía cuando Nadia y Carla juntan las suyas para formar una cama doble.

—Ojalá tu madre estuviera aquí para limpiar esta habitación de mierda —me dice Carla, pese a que la habitación no está en absoluto sucia ni desordenada.

—Tu madre es adorable —dice Nadia riéndose—. Como un osito de peluche muy suave. Adorable.

—Sí que lo es —le digo.

O a lo mejor no lo digo, porque en realidad no oigo el sonido de mi propia voz. Me tumbo bocarriba para entender cómo me siento en esta habitación de nuestro nuevo universo blanco, de nuestra nueva vida de corta duración. Hay muchas camas en todos los hoteles, moteles y pensiones del mundo. Quiero probarlas todas y, si me concentro lo suficiente, incluso estando aquí, cerca de este bosque, puedo ver la lluvia en lugar de la nieve a través de esta ventana, un paisaje tropical en lugar de esta tierra blanca. Me imagino tumbada en una cama de Bangkok, viendo Bangkok desde la ventana. Hago lo mismo con Río de Janeiro. París. Escalo el Kilimanjaro. Desde allí también hago una reverencia.

—No bebáis agua del grifo —nos advierte Carla—. Podéis pillar un montón de enfermedades mortales.

No bebemos el agua del grifo; nos duchamos, vemos la tele y nos ponemos ropa limpia. Nadia se examina los cardenales y, con un bolígrafo, dibuja un círculo alrededor de dos que tiene en los muslos, resultado del entrenamiento de la semana pasada. Rachele ha estado presionándola mucho y Nadia dice que se siente agradecida por ello. Nos quedamos mirando sus cardenales. Luego me quedo mirándome los míos, comparándolos, tratando de sentirme también agradecida por los cardenales.

—Son cardenales de seguimiento —dice Nadia—. Me parecen monos.

Examinamos los cardenales un poco más y, en realidad, no son nada que no hayamos visto antes y, cuanto más los miramos, peor aspecto tienen; entonces, hay algo tácito que circula entre nosotras, de modo que cambiamos de tema y nos comemos un osito de gominola cada una. El mío sabe a sandía. O quizá a melocotón.

Carla nos recuerda que, a fin de no engordar, deberíamos comer carbohidratos sola y exclusivamente antes de mediodía. Además, nos dice, como ahora tenemos quince años, esta es la edad ideal para empezar a tener relaciones sexuales en condiciones. Nos cuenta que ha descubierto que, para conseguir que se nos marquen los pezones por debajo del maillot, lo único que tenemos que hacer es pegarnos encima un trozo de cinta celo y después arrancárnosla como si fuera cera de depilar.

Lo hace y nos enseña sus pezones. En efecto, están rojos y de punta. También nos asegura que, antes de que termine la semana, Rachele se enrollará al menos con dos entrenadores rivales de diferentes partes del mundo, quienes, la mañana de después, se irán a hurtadillas de su habitación, avergonzados. Y puede que Alex también se la tire.

—Vomitivo —dice Nadia.

—Desde luego —conviene Carla.

Subimos el volumen de la tele, supongo que para intentar sacarnos de la cabeza la imagen de Alex. Me distraigo gracias a la música rumana que suena a todo volumen y desconecto hasta que oigo a Nadia preguntarle a Carla si ha visto en YouTube el accidente de gimnasia, ese en el que la chica se cae de cabeza y entonces ya no se mueve.

—En los comentarios pone que murió un mes después —lee—. Pero también dice que se ha retirado.

—¿Y qué? —pregunta Carla.

—Me da ganas de llorar —dice Nadia. Pero en realidad no llora.

—Es Romina Laudescu —dice Carla—. Está viva y va mejorando. Ha dejado de competir y tú deberías dejar de ver esas cosas. Concéntrate en ti misma.

—¿Y qué más da? Si no voy a llegar a las Olimpiadas.

—No digas chorradas. Claro que llegarás.

La verdad es que ambas llegarán a las Olimpiadas, pero yo no.

—Vamos a apostar —sugiere Carla—. Si uno de los diez primeros puestos de la final general individual es para ti, Nadia, quiero verte en pelotas en mitad del gimnasio.

—¿Qué? —Nadia se ríe—. ¡Vale!

—¿Lo prometes?

—Lo prometo.

Esa noche, mientras hacemos cola en el bufé del hotel, recuerdo la regla de Carla sobre los carbohidratos. El mediodía ya queda lejos, de modo que pido pollo a la plancha, judías blancas y una botellita de agua. Al final de la cola, Rachele examina mi bandeja.

—Devuelve esas judías, Marti —me ordena—. Si no, se te hinchará la barriga.

Hago lo que me dice, como una chica buena. Devuelvo las judías y me planteo hacer una reverencia, pero me abstengo.

Al sentarme, Angelika hace su aparición. Desde la última vez que la vimos en las Europeas, se ha vuelto más despampanante. Angelika Ladeci, de quince años, con el pelo rubio y lustroso, diminuta y con un cuerpo perfecto, se reúne con su equipo al otro extremo de esta estancia de luces de neón. El culo enorme que Carla dijo que había visto en YouTube es una mentira absoluta. Ocupa la mitad que nosotras, y eso que nosotras ya de por sí ocupamos la mitad que una persona normal. Es deslumbrante, obviamente se trata de una campeona, ganadora de múltiples premios, siempre tan ligera. Cuando camina es como si sonara una música solo para ella. Sus ojos son de un azul perfecto y su nariz es tan pequeña como la de un bebé.

—Te parece guapa, ¿verdad? —oigo que Carla le pregunta a Nadia—. Bueno, pues imagínatela teniendo que comer comida de perros porque es una perra entre los perros. De hecho, es más asquerosa que el más asqueroso de los perros. Luego imagínatela durmiendo en el suelo porque ni siquiera tiene cama, ni siquiera una manta, ni siquiera un colchón. Tiene que hacerse los maillots con manteles o cortinas.

Pensar en esas cosas hace que Angelika me parezca aún más especial, como Cenicienta o Blancanieves. Incluso pienso en *La pequeña vendedora de fósforos* y en el sinfín de historias en las que unas niñas muy guapas pero, sobre todo, muy desgraciadas consiguen provocar un cambio drástico en su trágico destino. Me doy la vuelta y veo que Nadia tiene los ojos raros, como cuando empieza a ver cosas. Probablemente esté imaginándose a Angelika a cuatro patas comiendo de un cuenco. Quizá se la imagine cubierta de pelo, con un hocico húmedo y apestoso.

Por lo menos eso es lo que estoy haciendo yo.

Más tarde, esa misma noche, con el cuerpo dolorido por la falta de ejercicio, me meto en la cama tan saturada de las palabras de los demás que siento como si me hubieran envenenado. Carla aún tiene cosas que decir y Nadia se ríe alegremente, escuchando una detallada explicación sobre cómo hacerles a los chicos la clase de masaje que les gusta.

—¿Tú se lo harías a Karl? —le pregunta Carla.

—Si me enseñas —responde Nadia—. Y si quieres que lo haga.

Yo me tapo la cabeza con la almohada, pero se me cuela el sonido de sus voces y, con ellas, la imagen del pequeño Karl, el atleta polaco que se ha convertido en el *sex symbol* de la gimnasia juvenil de competición. No estoy de humor para imaginarme a Karl recibiendo masajes, así que les pido si pueden bajar la voz y Carla me responde: «¡Qué aburrida eres, Martina!», pero entonces pasa al susurro y, con la almohada sobre la cabeza, ya apenas oigo nada, entonces, por fin, siento que me dejo llevar hacia el sueño.

En mitad de la noche, me levanto y voy al baño de puntillas para hacer pis.

Abro la puerta, golpeo el picaporte dos veces con los dedos, después lo golpeo otras dos veces para cerrarla a mi espalda. Cuando regreso a la habitación, miro a Carla y a Nadia, que duermen la una en brazos de la otra. En la mesilla de noche de Carla me fijo en la Biblia y en sus analgésicos.

Al ver a las chicas respirar sosegadamente, me viene a la cabeza otra imagen de Alex, sus nudillos sin sangre, sujetándome el tobillo con una mano mientras con la otra me toca por dentro. Su aliento. Mi aliento. Ojalá yo también pudiera encontrar consuelo en los brazos de Carla y Nadia. ¿Y debería probar con la Biblia de Carla? Quizá con los analgésicos. Vuelvo a mi cama y elijo el método habitual. Empiezo a contar hasta cien y luego otra vez hasta cien. Llego hasta un millón.

—Ayúdame —murmuro. Pero nadie me oye.

MARTES

—¡Serás zorra!

Abro los ojos y veo a Carla asomada a la ventana, después oigo el agua y me imagino a Nadia bajo el chorro de la ducha, examinándose aún sus cardenales. Me tomo el analgésico de rigor, me estiro y noto la rigidez y el dolor de los músculos. Hoy me duelen más porque ayer no entrené.

—Me muero de hambre —digo, y Carla se da la vuelta, sobresaltada.

—Ah, hola —me dice—. Se me había olvidado que también estabas tú aquí. La zorra de Angelika estaba entrenando justo debajo de nuestra ventana. ¿Qué coño se cree? ¿Te parece que lo hace aposta?

Me hiere que se haya olvidado de que estaba aquí, tan invisible e irrelevante para ella. Al mismo tiempo, me doy cuenta de que no estoy en casa, así que no puedo comer ración doble en el desayuno y, en su lugar, tendré que soportar a Rachele supervisando lo que escojo, pesándome los cereales con la mirada.

Me toco dos veces la nariz, cuento hasta cien mientras parpadeo en repeticiones de diez, hago una pausa y vuelvo a hacer otras cinco repeticiones de diez.

—Corta el rollo —me dice Carla—. Deja de hacer esa mierda.

—Déjala en paz —la reprende Nadia—. Al menos aquí, que Rachele no está mirando.

Rachele ha sido mi entrenadora desde hace ocho años y, desde hace seis, la tiene tomada conmigo. Como cuando insiste en hacerme repetir cada ejercicio veinte veces, aunque le diga que tengo los brazos tan cansados que no puedo mantenerlos rectos y ella me dice que soy una vaga. Y cuando se me doblan los brazos y acabo golpeándome la barbilla o el hombro contra la colchoneta, suspira frustrada, como si yo fuese una inútil. Una vez me golpeé la nariz con tanta fuerza que me hice sangre.

Hace unos años teníamos una compañera de equipo, Caterina, cuya madre estaba más enterada de lo que sucedía en el gimnasio que cualquiera de nuestras madres. Cierto, Caterina sufría más fracturas que el resto de nosotras, pero entonces pienso en las caídas que he sufrido yo, en esa sensación constante de estar a punto de partirme por la mitad, y supongo que alguien podría haberme salvado a mí también. Todas nosotras hemos sufrido fracturas por estrés, pero nadie ha venido nunca a sacarnos de aquí.

Además, yo no me habría marchado. Y tampoco Carla o Nadia.

—Buenas chicas —dice siempre Rachele cuando no nos quejamos y, en lugar de llorar, nos esforzamos tanto que nos hacemos cortes en las palmas de las manos, lesionamos y magullamos nuestros cuerpos hasta quedar reducidas a capas de dolor. Y sonreímos. Y decimos que sí con la cabeza. Y hacemos reverencias.

Espero a que Nadia salga y luego me visto en el cuarto de baño. No quiero que Carla o ella me vean desnuda. En especial Carla. Puedo soportar desnudarme en el vestuario, donde paso desapercibida entre las demás, pero en el dormitorio sería demasiado visible.

Carla siempre tiene algo que decir sobre el cuerpo de los demás y te clava la mirada sin un ápice de vergüenza y se fija en cosas asquerosas como el vello púbico, la celulitis o las venas hinchadas. En una ocasión incluso la vi olisquearles las axilas a Anna y a Benedetta, bien de cerca.

—Perras —susurro.

Y Nadia se puso a imitar a un perro, a cuatro patas, ladrando.

Cuando salgo del cuarto de baño, Carla y Nadia están sentadas en la cama, totalmente vestidas, con sus respectivos moños bien apretados, casi idénticos, atándose las deportivas. Están perfectas, de foto, tan guapas que o las amas o las odias de inmediato. Carla con su cabello rubio, los labios carnosos y brillantes, las mejillas sonrosadas y los ojos de un azul deslumbrante. Y Nadia, con las manos delicadas pese a los callos, los dedos largos y finos, el cuello esbelto.

Su melena, tan rizada y tan oscura.

—¿Te acuerdas de esa vez que dijiste que querías ver lobos? —le pregunta Carla—. Estábamos en tu casa y vimos esa película sobre la niña pequeña que vivía con ellos.

—La protegían y mataban por ella. Me encantaban esos lobos.

—Bueno, pues mira ahí fuera.

Pegamos la nariz a la ventana de la habitación. Veo el suelo cubierto de nieve y a Angelika corriendo en círculos junto a la cancela baja que separa el hotel de los tiempos de la guerra de la nada situada más allá. Parece de lo más relajada, como si no le preocupara nada en el mundo. Pero, claro, quizá sea por la distancia.

O quizá sea porque ella también es una buena chica.

Pienso que sería muy divertido salir, sacudir los árboles y quedarnos allí debajo mientras cae la nieve, y sacar la lengua para saborearla. El frío por la espalda nos haría reír y nos olvidaríamos de todo —de nuestro dolor, de nuestra vida—, al menos durante unos segundos. Pero no hay ningún lobo a la vista y, en cualquier caso, tampoco se nos permitiría salir ahí a jugar.

—¿Dónde está el lobo? —pregunta Nadia.

—Se ha escondido en el bosque —responde Carla—. ¿No lo has visto?

—No —dice Nadia—. ¿De verdad estaba ahí?

Yo golpeo la ventana dos veces y ellas me miran.

—Perdón —les digo.

Ojalá pudiera dejar de hacer cosas en secuencias. Y ojalá no cometiera tantos errores en las barras asimétricas. O en la vida. Debo de haberlo heredado de mi madre. A veces, cuando habla, comete errores estúpidos con las palabras. O con la ropa que se pone. Antes era guapa, pero ahora apenas se lava el pelo. Por lo general lo hace los domingos, pero, llegado el martes, tiene que recogérselo porque ya se le ha puesto grasiento. Hace ya años que no la veo desnuda, pero recuerdo que antes estaba fantástica con el traje de baño. Y perfecta en bragas y sujetador. ¿Y por qué mi padre no sale todas las mañanas a buscar trabajo? Dice que quiere estar con nosotras, pero yo me voy a clase, luego a gimnasia, y mi madre se pasa el día trabajando fuera. Él lo único que hace es fumar, ir al bar de Nino, hacer crucigramas medio resueltos y leer esos artículos sobre caballos. A saber por qué se enamoraron y cómo lograron engendrarme. De haber dependido en exclusiva de ellos, seguramente no habrían tenido la energía suficiente ni para completar mis pies o mi ADN.

Me aparto de la ventana y tengo que tocarme el pelo dos veces y dar dos pasos con el pie izquierdo y otros dos con el derecho antes de poder sentarme en la cama.

—Esa idiota sale a correr cuando hay cero grados en la calle —comenta Carla—. Se pone a dar vueltas y vueltas bajo la nieve.

Antes la he visto meterse en el bosque vestida solo con un maillot y el pantalón de chándal. ¡Vaya creída de mierda!

—Lleva desde siempre haciéndolo todas las mañanas y todas las noches —asegura Nadia—. Lo leí en internet. Se lo enseñó su primer entrenador. El asqueroso de Florin, que la palmó de un ataque al corazón cuando algunas de las chicas lo acusaron de maltratador.

Su Florin, nuestro Alex. Su hombre. Nuestro hombre.

—A lo mejor se la comen los lobos —comenta Carla—. O puede que con el frío le entre diarrea. En mitad de un ejercicio de suelo, ¡una cagalera en toda regla!

Carla empieza a imitar a Angelika teniendo un ataque de diarrea durante un salto mortal. Finge ser Angelika saludando al jurado, sobre la barra, sentada en un rincón, con retortijones de tripa. Angelika con diarrea y retortijones tiene los ojos bizcos y la boca abierta. «Ay, ay —se lamenta—. ¡Me duele, me duele!». Entonces, se lleva la mano al culo para disimular la que ha montado.

—Un poco igual que tú, Martina, cuando Rachele te dio laxantes —me recuerda Carla.

—Prometiste no repetir nunca más eso —le digo—. ¡Lo prometiste!

Ambas sonríen.

—¡Era broma! —exclama Carla—. Te queremos mucho, Marti.

Intento tomármelo como una broma, satisfecha de que Carla me sonría. Para hacerlo, me clavo las uñas en las palmas de las manos. Luego en los muslos. Cuando salimos de la habitación, me digo a mí misma: «Alégrate. Te quieren. Te quieren mucho. Tú también puedes quererlas mucho».

Cuando la puerta se cierra de golpe a nuestra espalda, vemos a Anna y a Benedetta salir de su habitación. Van alegres y arregladas. Envidio su paz. Envidio su habitación, sin una Carla dentro.

—Buenos días, Inútiles —les dice Carla.

—Os queremos, chicas —agrega Nadia—. Os queremos un montón.

—Nosotras también os queremos —responden ellas.

Cuando llega el ascensor, vemos que dentro hay un muro de gimnastas chinas. Somos tan pequeñas que cabemos todas, pero encontrarse con el equipo de China siempre es algo que da mucho miedo. Nos asustan porque son fuertes y porque nos recuerdan que no somos libres, incluso aunque finjamos serlo. Así que ponemos los ojos en blanco y hacemos una mueca. No queremos mirarlas a los ojos, pues creemos que los suyos son ojos de vasallas leales que complacen fielmente a su propio enemigo. Igual que los nuestros, pero de forma más evidente. Carla dice que las gimnastas chinas son como perros apaleados, o perros pobres apaleados, o perros retrasados apaleados. Lo que no menciona —pero todas lo sabemos— es que pertenecemos todas al mismo grupo. Carla emplea la palabra *perro* como mínimo cien veces al día. Y, si la emplea noventa y ocho veces, Nadia añadirá las dos restantes para llegar a cien. O hará la clásica imitación, ladrando a cuatro patas.

Una vez vimos un documental en YouTube sobre gimnastas chinos y acabamos llorando. Había niños de cinco años colgados de los brazos, y sus cuerpos diminutos eran machacados por los entrenadores, que les vendaban los pies y les destrozaban las manos para dejar claro quién era el jefe y hasta qué punto sus vidas no importaban. Vimos el documental sintiéndonos sucias y cómplices, como cuando ves porno, pero esto era mucho peor porque nosotras también estábamos en esa película. También era como ver grabaciones de imágenes reales de maestras de guardería que abofetean a bebés de diez meses de edad, y pensar que nosotras somos esos bebés, y sentir esas mismas bofetadas.

Nosotras también odiábamos hacer *spagats,* darnos baños de hielo para los músculos, y a esos entrenadores y fisioterapeutas que iban demasiado lejos y trataban de alargarnos los brazos estirándolos una y otra vez. Los odiábamos por llamarnos cerdas y perdedoras. O perros. Los odiábamos cuando intentábamos sonreír de igual modo. Ser buenas de igual modo. Y por eso las chinas nos dan más miedo que cualquier otro equipo. Mirarlas es como mirar aquello contra lo que nosotras tampoco podemos rebelarnos. Es como mirarnos en el espejo de la sinceridad.

Cuando alcanzamos la planta baja y se abren las puertas del ascensor, exhalamos aliviadas.

—Putos robots —murmura Carla entre dientes.

—Animales debiluchos —apostilla Nadia.

Levantamos la barbilla hacia el cielo, adoptamos los andares decididos del equipo seguro de sí mismo que sabemos que somos, ganadoras a las siete en punto de esta mañana de martes en Rumanía, y entramos en la cafetería del hotel. Las luces de neón del techo parpadean en sincronía con nuestros pasos. Para este momento vendría bien una banda sonora de ritmo rápido. Somos un equipo —un cuerpo, un corazón— y, aunque a veces se nos olvide, tenemos la capacidad de convertirnos en ese equipo al instante. Pese a que no nos hemos elegido las unas a las otras y puede que ni siquiera nos caigamos bien, nos protegemos y nos cuidamos mutuamente. Somos las guardianas de nuestros recuerdos y secretos colectivos. De nuestra infancia y de nuestro presente. Sabemos si alguna vez conseguimos hacer un Yurchenko 2.5 en el potro o un aterrizaje doble sobre la barra de equilibrio, y cuánto podemos llegar a soportar antes de romper a llorar. Sabemos lo que nos enfada o lo que nos aterroriza. Si tenemos la regla. Si durante una rutina nos entra un ataque de pánico o lo que denominamos el revoltijo —un bloqueo mental que nos hace perder la conciencia espacial durante una rutina—, cosa que al final nos acabará destrozando. Sabemos que, cuando una de nosotras consigue anotar un punto, todo el equipo anota un punto. Y que Carla es la parte más fuerte de nuestro cuerpo. Ella lo sabe, nosotras lo sabemos, y por eso es más valiosa que cualquiera de nosotras y la cuidamos mejor que a las demás. A nosotras nos duele cuando le duele a ella, nos sube la temperatura cuando ella se siente febril, y su rodilla izquierda debilitada nos asusta tanto como le asusta a ella. Cuando Alex toca a Carla por debajo del maillot, nos toca a todas por debajo del maillot. Percibimos cuando le sucede a ella y estoy segura de que ella lo percibe también cuando me sucede a mí. A Nadia. Por esa razón también percibo que las Inútiles, por alguna razón, se han librado de las atenciones de Alex. También sabemos que Carla ha decidido no contar nunca nada al respecto —«No cambiaría nada», decía—, pero sabe las palabras exactas que Nadia y yo empleamos cuando le contamos a Rachale lo que nos estaba haciendo Alex. Y, en efecto, no ha cambiado nada.

La cafetería del hotel tiene algo gélido; la temperatura bajo cero del exterior hace que todo parezca blanco y azul; un azul eléctrico y un blanco brillante. La luz que entra por las ventanas ralentiza nuestros corazones.

—Hasta Transilvania queda mejor cubierta de nieve —comenta Carla.

Por lo que he podido ver, Transilvania es preciosa. El bosque, el vacío, la posibilidad de que haya lobos u osos viviendo ahí fuera. Podría quedarme aquí para siempre, no volver nunca a vivir con mis padres. Podría ser una guerrera en esta otra nueva vida rumana de fuerza y libertad. Podría ser una ganadora.

Nos servimos zumo de naranja, nos tomamos el café, mordisqueamos una insípida galleta que parece de cartón. Mejor que sepa a mierda, así resulta menos apetecible.

—Las toallas aquí son superásperas, hay que fastidiarse —les dice Carla a las Inútiles—. ¿Os habéis dado cuenta?

Ellas asienten. Todas asentimos.

—Casi me arrancan la piel a tiras —agrega Nadia.

—Deberíamos recomendárselas a la chica polaca del acné amarillo —dice Carla—. Si se frota la cara con ellas, se le quitará el pus.

De pronto me doy cuenta de que tengo mucha hambre, tanta que parece el hambre del mundo entero. Me dan ganas de decirlo en voz alta: «¡El hambre del mundo entero, esa soy yo!». Pero, con los años, ya he pronunciado demasiadas frases absurdas. Como aquella vez que dije: «Cuando estoy en las barras asimétricas siento como si estuviera entre dos galaxias». Todas se quedaron calladas y, al principio, pensé que era lista y especial, que se había acabado mi etapa sin amigas. Podría abrirme al mundo y todos me admirarían. Y les encantarían mis adorables ideas sobre la vida. Pero todas se rieron a carcajadas y por dentro me morí de vergüenza. De todos modos, ¿qué clase de idea estúpida era esa de las dos galaxias? ¿Y qué significaba en realidad estar entre una galaxia y otra?

Guardo silencio mientras Carla hace comentarios sobre el culo de la entrenadora portuguesa, sobre las tetas de la atleta alemana y sobre el eccema de la campeona francesa. Después se centra en la anoréxica sin pelo con el fétido aliento francés que apesta a fétido ajo francés.

—Pero los franceses son ricos —añade—. En lo que a mí respecta, pueden ser apestosos. En los enormes salones con pinturas al fresco de sus palacios no se les huele el aliento.

Todas asentimos y decimos que solo conocemos Versalles gracias a la tele, a lo sumo. Ninguna de nosotras ha estado nunca en Francia ni ha visto un palacio con pinturas al fresco. Y tampoco hemos probado la comida francesa, y eso del ajo es algo que hemos oído decir —incluida Carla— cientos de veces a la señora de la limpieza que trabaja en nuestro gimnasio.

—Si quieren, pueden comer ajo, o incluso ratas —prosigue Carla—. Siempre les quedará París. Y la erre francesa. Y el dinero.

Carla y Nadia me están poniendo de los nervios y siento que me va a explotar la cabeza del dolor. Las observo y trato de mantener los párpados muy quietos. Quiero que entiendan la lástima que siento por ellas. Pero nunca me miran, de modo que me rindo. En cuanto Karl, el campeón polaco, entra en la cafetería, todas las chicas levantan la mirada y vuelven a bajarla de inmediato.

La verdad es que es guapísimo.

Lleva el pelo peinado hacia atrás con gomina, tiene la mandíbula bien marcada y viste una sudadera de capucha con la cremallera abierta. Se pone a hacer fila con sus pequeños compañeros de equipo y después se sienta con ellos. Hemos visto crecer a Karl y ahora, de pronto, se ha convertido en un adonis. ¿También tendrá alas? ¿Para volar conmigo quizá hasta Bangkok? Ojalá nuestros chicos hubieran llegado hasta el campeonato. Al menos eso nos habría acercado más a ese semidiós.

Todas las chicas, incluidas nosotras, siguen masticando su comida cuando Karl empieza a masticar la suya. Está mirando a Angelika, por supuesto. Luego a Carla, por supuesto. Carla enarca una ceja solamente y Nadia lo observa sin modificar su expresión, como si estuviera hipnotizada.

—Precioso —susurra.

—Bueno —dice Carla—. Sería perfecto para un anuncio de calzoncillos.

—Ha crecido por lo menos veinte centímetros.

—Pero sigue siendo un enano capaz de batir récords —declara Carla—. De esos del *Libro Guinness de los récords*. Ahora, por favor, ¿podemos dejar de mirarlo o queremos quedar como unas auténticas pringadas?

Dejamos de mirarlo y de parecer unas auténticas pringadas. Vamos caminando hacia el gimnasio bajo la nieve y yo me fijo en los árboles, los colores, la temperatura, y trato de inventarme nuevos detalles para mi vida aquí. Seré una guerrera que habrá escapado de todo su presente y de todo su pasado. Elegiré un nuevo nombre. Me construiré una cabaña. Aprenderé a cazar mi propia comida. Y dejaré de hacer las cosas dos veces.

—Mueve el culo —me dice Carla.

Muevo el culo, cruzamos un puente que atraviesa una autopista, seguimos caminando por la nieve y llegamos a un amplio edificio. Rachele nos informa de que, para el calentamiento, compartiremos gimnasio con los equipos francés, inglés y rumano. El otro grupo entrenará con los chinos, los alemanes y los españoles. Mañana tendremos las clasificatorias por equipos, así que ahora, nos dice, será mejor que nos familiaricemos con el espacio, nos acostumbremos a los aparatos y a la atmósfera.

—¡Vamos a compartir con los chicos! —exclama Nadia—. ¡Karl para siempre!

Es un gimnasio mastodóntico en toda regla. El suelo y las paredes están pintados de azul. Huele bien, a una mezcla de detergente con aroma a limón, aire limpio y disciplina. Me gusta la disciplina, también me gusta que las cosas estén ordenadas. Y que sean predecibles. De pronto me siento tan bien que digo: «¡Karl para siempre!». Pero lo digo tan flojito que consigo que parezca una tos.

Rachele nos muestra la sección del gimnasio que nos han asignado. Estoy deseando hacer el calentamiento y todos los entrenamientos del día. Siento los músculos como si fueran de madera. Hace por lo menos cuarenta horas que no utilizamos nuestros cuerpos y ahora tenemos que moverlos para devolverlos a la vida. Para que estén felices de nuevo y vuelvan a ser nuestros, calentándolos. Siempre me da miedo que, si no entreno, reciba un castigo y acabe incapacitada por culpa de algún hechizo cósmico de los astros, como si hubiera estado soñando todo este tiempo y mis esfuerzos, las medallas y mis años de gimnasia nunca hubieran existido.

—Por favor, vuelve —le susurro a mi cuerpo—. Estamos en Rumanía. Tenemos que acostumbrarnos. Pero sabes hacer las mismas cosas que sabías hacer en casa, ¿vale?

Alex me frota los músculos con una crema de efecto calor. Le miro las manos para asegurarme de que no las sube por mis piernas. Tiene las manos peludas, con manchas marrones de la edad. Una de las manchas parece una estrella.

—¿Te sientes preparada, Martina? —me pregunta.

Yo le digo que sí con la cabeza, me imagino que pulverizo esa estrella y aparto la mirada. Cuento hasta trescientos y entonces pasa a encargarse de las piernas de Anna. Parece muy concentrado. Parece muy amable.

—¿Te sientes preparada, Anna? —le pregunta.

Le miro las manos para asegurarme de que no las sube tampoco por las piernas de Anna. Entonces me levanto y me acerco a las barras asimétricas. Carla y Nadia dicen muy rápido: «Rojo, rojo, azul, amarillo / Coca-Cola Fanta membrillo / dientes rectos, pies rectos / tú por mí, yo por ti / cucu amarillo, Fanta membrillo / yo te cuido y tú me cuidas».

Lo hacen antes de cada sesión de entrenamiento y antes de cada campeonato. Cuando estamos en casa, los chicos imitan esa rima de la buena suerte para burlarse de ellas, pero utilizando palabrotas, o repitiendo una y otra vez la parte del cucu amarillo. Nadie sabe de dónde viene ese mantra. Cucu amarillo. ¿Qué narices es eso?

Empezamos todas corriendo. Pasamos a estirar, a hacer ejercicios de suelo, *walkovers*, volteretas. Patadas, ruedas laterales, pinos. Rachele nos ve dirigirnos al potro; después, a las barras asimétricas. Alex también nos mira.

—¡Qué pervertido! —dice Carla, mirándolo.

—Es un cerdo —añade Nadia.

—¡Buena suerte! —grita él desde su rincón.

Me pregunto si las demás chicas, igual que yo, se lo imaginarán muerto.

Sentir que nuestros cuerpos respiran de nuevo, se mueven, notar el sudor en el pecho y en la espalda… son cosas maravillosas. Nuestros movimientos se vuelven más sencillos a cada segundo; nuestras piernas, más flexibles a cada paso. Si no entrenamos, nos duele la espalda y basta con dos semanas para que los músculos inutilizados se conviertan en grasa. Hemos visto a infinidad de exgimnastas que se ponen fondonas. Es uno de nuestros tres principales miedos. Junto con la parálisis y no ganar nada en toda nuestra vida.

Mientras nos doblamos, saltamos y aterrizamos, nos fijamos en los otros equipos. El club japonés, el estadounidense, los húngaros. Los franceses, los ingleses y los rumanos. No todos los clubes se clasificarán hoy, algunos desaparecerán mañana y tendrán que marcharse de Rumanía. Nos fijamos en sus rutinas, estudiamos sus puntos débiles. Odiamos a las chicas guapas y admiramos a la entrenadora rumana, Tania, que es mucho más delgada y estilosa que nuestra voluptuosa Rachele.

—Es delgada porque no come —explica Carla—. No tienen dinero para comer.

—Sus maillots son mejores que los nuestros. Y además se les permite llevar pantalones cortos para entrenar, como a las alemanas. No soporto abrirme de piernas sin llevarlos puestos —comenta Anna.

—No llevar los pantalones cortos te hace parecer más elegante y en forma —asegura Carla—. No seas quejica.

A veces me da por pensar que Rachele y Carla tienen reuniones secretas para decidir cómo obsesionarnos a todas con cosas como no llevar pantalones cortos durante el entrenamiento o mantenernos delgadas para que no nos baje la regla.

Durante otra ronda de abdominales, Nadia empieza a hablar de calamidades como caernos y fracturarnos las vértebras. Mientras estiramos las piernas, nos habla de esa chica china que murió, de la francesa que se quedó paralítica y de la sueca que está consumiéndose en el hospital por culpa de la anorexia.

Estamos acostumbradas a oír a Nadia hacer listas, recontando accidentes y actualizando el número de gimnastas tetrapléjicas. Se pone a hablar de cosas así porque está convencida de que es estadísticamente imposible acabar paralítica si hablas en voz alta de la posibilidad de acabar paralítica.

Digamos que yo confío en ella. O a lo mejor es que la repetición ha convertido su superstición en una teoría sólida.

Hace un par de años, Nadia llegó al extremo de elaborar tablas y gráficos. Se sentaba con un cuaderno y un bolígrafo y enumeraba los accidentes del mes por orden de gravedad, categorizándolos por edad, escuela y región. Daba tanto miedo que Rachele tuvo que ponerle freno de forma oficial. Nadia intentó quitarle hierro al asunto.

—Son matemáticas —protestó—. ¿Qué tienen de malo las matemáticas?

La sanción de Rachele no era negociable y las demás respiramos aliviadas porque resultaba imposible no hojear ese cuaderno y caer en el mismo cómputo obsesivo. Pero creo que es mucho peor ver a Rachele santiguarse antes de que hagamos nuestros saltos o volteretas. U oír a Carla y a Nadia repetir su absurda rima y tener que pensar en el cucu amarillo una y otra vez o ver a los chicos tocarse la polla once veces antes de cada salto en el potro. Aunque, claro, a lo mejor somos todos un poco obsesivos. Yo tengo que hacer las cosas dos veces y, en ocasiones, incluso diez veces seguidas, y a fin de cuentas todas hacemos la vista gorda en lo referente a los monstruos y obsesiones de las demás y estamos dispuestas a aceptar cualquier conjuro que creamos que nos permite ganar y nos impide morir.

Tras una hora de calentamiento, cuando nuestro cuerpo y nuestra mente ya están fuertes y vuelven a ser nuestros, empezamos a practicar los movimientos para el campeonato. Primero viene la rutina de suelo. Después la barra de equilibrios. Mientras trabajamos en las barras asimétricas, con las manos cubiertas de tiza que puede que algún día se nos filtre a la sangre a través de las grietas de la piel, los demás equipos practican en el resto de los aparatos. Vamos rotando por el gimnasio en turnos de treinta minutos. Me siento insegura y débil en cada sección, pero la barra es la peor de todas.

Además, tengo un ritmo de mierda.

Estamos cerca del equipo rumano y, cada vez que levanto la mirada, veo la sonrisa de Angelika. La veo doblarse hacia atrás como si no tuviera esqueleto y estuviera hecha de materia líquida, tan perfecta y tan ligera. Parece que lo hace a propósito, una clase magistral de elegancia y control sin esfuerzo, porque no es normal sonreír tanto durante un entrenamiento. O a lo mejor está actuando para una cámara oculta, el prodigio, siempre dándolo todo, siempre fuerte y segura de sí misma. Protegida ante el dolor y ante las lesiones. Y quizá sea cierto, en su caso. Los cuerpos son un regalo, es como nacemos: hay quien puede cantar y hay quien tiene buena cabeza para las matemáticas y sabe explicar los factores de x e y como si no fueran nada. En nuestro caso, no es solo el entrenamiento. Las campeonas son campeonas desde el principio. No existen los milagros, nunca existirán. Anna, Benedetta y yo, por ejemplo, somos diligentes, nos esforzamos y hemos logrado convertirnos en gimnastas decentes. Pero ninguna de nosotras será una estrella. Somos lo suficientemente buenas para resultarle útiles al equipo, para ayudar a nuestras estrellas y pasar la pelota a aquellas cuyos nombres sí se recordarán. Yo también estoy orgullosa de esto, pero es evidente que no basta. Y ver el genio innato de Angelika, desear ser ella y desear vencerla claramente no basta para conseguir llegar a la final individual en aparatos o a la final general del domingo.

Y mucho menos a las Olimpiadas.

En las barras asimétricas, Carla ilumina el recinto entero ejecutando un Nabieva. Contemplo su sombra en la pared, como si fuera la de un superhéroe, los contornos de su cuerpo demostrándole al mundo que puede volar y que, incluso en este universo, la magia existe y a veces resulta muy visible y muy cercana. Tiene una silueta perfecta y la pulcritud de su secuencia es extraordinaria. Es rápida. Lleva el control. Su gimnasia es un poema sobre el amor. En cuanto aterriza, con ese salto carpado doble que le sale tan bien desde hace un año que ya casi se ha aburrido de hacerlo, le guiña un ojo a Nadia y le hace un gesto vulgar a Angelika, que ni siquiera está mirándola.

—Ahora tienes miedo, ¿verdad, perra? —murmura.

Se lleva una mano al pecho y también finge que es el entrenador Florin, el héroe de Angelika, teniendo su famosísimo ataque al corazón.

Rachele mira de un lado a otro para ver si los demás entrenadores están mirando a su pequeño prodigio. Durante la competición no le está permitido mirar la reacción del jurado, pero hoy puede disfrutar del momento. ¿Habrán visto lo que sabe hacer Carla en las barras? Me parece a mí que no, y siento pena por Rachele porque a lo mejor es ahora cuando miran, ahora que me toca a mí y me verán con mis dificultades. Verán que estoy hecha de madera dura y arcilla frágil. De miedo y dolor.

Salto, agarro la barra más baja y oigo que Rachele grita mis errores habituales, llamándome vaga, conforme mi cuerpo va perdiendo seguridad, después precisión. No lo estoy haciendo bien y todas lo sabemos, pero, con cada una de sus palabras, lo hago aún peor. Más que eso, cumplo su profecía. Me vuelvo vaga. La perdedora. Mi gimnasia es una mala canción que te hace daño a los oídos y te fastidia. Cuando me bajo, tratando de sacar pecho, Alex me dice «Bien», y nadie añade nada más. El silencio de Rachele es peor que sus insultos.

Me aprieto el moño dos veces y espero a que se me calmen los latidos del corazón. Llevo ya años esperando.

Cuando le llega el turno a Nadia, todo se detiene. Sus ojos, sus pies, la respiración de Rachele. El millón de copos de nieve en el cielo sobre el bosque Cozia también se toman un descanso, suspendidos en el aire.

—¿Qué sucede? —le pregunta Carla.

—Nada.

Pero todas sabemos lo que sucede. Nadia está viendo cosas. Una vez le oí decir que veía las cosas como si estuvieran siendo filmadas a baja resolución. Como si, en lugar de cobrar vida a través de sus ojos, surgieran a través de un viejo teléfono móvil.

—O descargadas con una conexión a internet muy lenta —nos había contado.

Eso hace que le dé aún más miedo. No reconoce las imágenes como si fueran suyas o hubieran sido elegidas por ella. Es como si alguien se las estuviera enviando. Pero ¿desde dónde? Y ¿por qué?

Yo empiezo a contar hasta cien. Los chicos polacos empiezan a reírse con disimulo. Karl está mirando. Y algunos de los otros entrenadores por fin nos miran.

—Nadia, adelante, es tu turno.

—Un segundo.

—Nadia, nos estás asustando a todos —le dice Rachele—. Espabila.

Noto que Nadia aprieta tanto la mandíbula que podría romperse los dientes.

—Vale, vale. Ya voy.

Pero Nadia no va a ninguna parte. Parece estar perdida en algún sitio, y desde allí no puede ir a ningún lado ni hacer nada. Cuando se queda paralizada de esa forma, a veces Carla se le acerca y la llama idiota o le dice «Muévete, por amor de Dios. ¡Vamos!». A veces le pellizca el culo para tratar de hacerle entender que debería interpretarlo todo como si fuera una broma. Un pellizco en el culo. Una de esas cosas de la vida que aceptas sin más, como los dedos de Alex moviéndose arriba y abajo, a izquierda y derecha dentro de tu cuerpo desde que tenías diez años, o la Biblia que la devota de tu madre te lee diez veces al día.

No hay por qué convertirlo en un gran drama ni darle demasiada importancia.

De modo que esta vez Carla se le acerca y todas vemos su habitual secuencia de miradas despectivas y susurros de ánimo. Pero Nadia no reacciona y yo solo pienso que es guapa aun estando loca y aun estando paralizada. Su melena refleja la luz y parece brillante y hermosa. Está tan quieta como una foto que yo contemplaría durante horas si estuviera sobre mi mesita de noche. La examinaría con atención para entender cómo es posible que unas caderas puedan ser tan delicadas y la piel de una niña pueda brillar como si estuviera hecha de diminutas luces de color rosa.

—Escucha, pequeña babosa. Muévete de una vez —le dice Carla.

Pero Nadia permanece petrificada.

—¿Quieres que te muerda? —la amenaza Carla—. ¿Qué es lo que estás viendo en esa cabeza tuya tan rara? ¿Tragedias y cuellos rotos? ¿Sueñas con que la patética de Angelika nos haga un favor a todas y se destroce un pie? ¿Que se muera?

Nadia ni siquiera la mira. Carla parece dudar de que sus palabras mágicas vayan a funcionar y, aunque sigue dándole órdenes a Nadia, se nota por cómo inclina el cuello y cómo mueve las manos que algo no va bien. Y entonces, como si su bloqueo nunca hubiese existido, Nadia sonríe.

—Allá voy.

Y, en efecto, allá va. Arquea la espalda un par de veces, corre hacia las barras, comienza su rutina, el Maloney le sale mal a mitad de la ejecución, así que vuelve a empezar y ahora le sale a las mil maravillas. Su sombra proyectada en la pared es más corta que la de Carla. Y le falta definición. Jamás conseguirá realizar un giro completo seguido de un Derwael-Fenton, pero aun así es nuestra segunda mejor gimnasta. Y además es muy fuerte. La práctica le sale bien a pesar del error y, como de costumbre, a pesar de sus miedos, que muy a menudo también son nuestros miedos. De manera que respiramos, contentas y aliviadas, y sonreímos al ver a Nadia esquivar el peligro, porque nosotras también lo esquivamos. Confiamos en que no suceda durante la competición, pero a saber.

El caso es que aquí está. Y aquí estamos.

Ninguna de nosotras está aquí en contra de su voluntad. Nuestras familias no nos obligan. No es como si fuéramos futbolistas y estuvieran enriqueciéndose a costa de explotarnos. Y tampoco es que nuestros padres puedan cuidar de nosotras, o protegernos, cuando pasamos tanto tiempo lejos de ellos. Salvo en el caso de Caterina, claro. Su madre sí que la rescató. Pero, como dice Nadia, estadísticamente, ya ha existido una: una madre se ha llevado a su hija y las fracturas que se han curado ya han sido las suyas.

Así que a nosotras nos toca quedarnos aquí.

Cuando teníamos siete o nueve años, nos quejábamos. A los jóvenes entrenadores adjuntos, que nos parecían majos. Y a nuestros padres. Volvimos a intentarlo a los diez. Luego a los once. En ocasiones les contábamos lo que estaba pasando, las pastillas que tomábamos para bloquear el dolor y calmar el pánico. Repetíamos los insultos que nos proferían día sí y día también. A los trece años, algunas dijimos cosas sobre Alex. Decíamos «No nos gusta, mamá», o «¿Eso está bien, entrenadora?». O también «¿Puedes hacer que pare?». Pero, al ver que no cambiaba nada, empezamos a quejarnos cada vez menos, hasta que nos quedamos calladas.

Hasta que volvimos a sonreír. Y a hacer reverencias de nuevo.

Ahora, cuando hablamos de otras gimnastas, de nuestras rivales, empleamos los mismos insultos que a nosotras nos hacían tanto daño. Ahora esas son nuestras palabras y, cuando las decimos, no sentimos nada. No significan nada. La gimnasia lo ocupa todo en nuestras vidas. Este equipo lo es todo en nuestras vidas. Cada una de nosotras tiene su propio plan secreto, una razón para quedarse.

Me gusta pensar que, si soy lo suficientemente buena y llego a las Olimpiadas, ganaré dinero. Con dinero, podré comprarle a mi familia una casa más grande y, algún día, compraré un gimnasio donde enseñaré gimnasia y celebraré campeonatos locales y regionales que me aportarán aún más dinero. Trabajaremos juntos en el gimnasio, los tres. Mi madre, mi padre y yo. A lo mejor me caso con alguien majo —no un gimnasta, ni un entrenador, ni un atleta, eso desde luego— y quizá tenga un par de hijos que no serán tan pobres como lo soy yo. Ya solo eso me convertirá en una mejor persona y mejorará también mi vida. Mi gimnasio estará pintado en tonos púrpuras. O azules. Sí, azules. Tendrá sauna y enormes ventanales que darán a un jardín. Y, cuando haya terminado con esta vida, la que tengo ahora, no engordaré. Correré y nadaré. Me reiré. Y hablaré.

—Hora de irse a comer —anuncia Rachele.

—¡De irse a ayunar! —murmura Carla.

Nadia le agarra la mano y la guía hacia la salida. Mientras las seguimos, miramos hacia atrás y vemos a Angelika ejecutar un espectacular ejercicio de suelo. Plancha doble completa, Mukhina-Silivas. La secuencia de sus elementos, de su rutina, es la más difícil que he visto aquí. O quizá en mi vida entera. Su gimnasia es la belleza personificada. También magia. Entonces, como si no acabásemos de ser testigos de sus poderes sobrenaturales, nos entretenemos viendo a Carla imitar la forma de caminar de los patos, lo leones y los gatos, andando de puntillas, tratando de hacer reír a todo el equipo. Y claro que nos reímos cuando finge ser una serpiente arrastrándose por el suelo. Sacando el culo hacia arriba y siseando con la lengua, la imitamos, retorciéndonos, tratando de librarnos de la existencia de Angelika, de su secuencia y de su belleza. Nadia también saluda a Karl desde el suelo y Carla le dice: «Déjalo ya, idiota». Pero se ríe y, de todos modos, Karl no nos ha visto: sigue mirando a Angelika, su cuerpo perfecto, su rutina perfecta, y a lo mejor, al igual que yo, él también piensa: «Por las noches, Angelika es un gato».

Y, a lo mejor, por las noches, Angelika está a salvo.

Enseguida se hace de noche, como en las películas cuando el cielo y las nubes cambian de color en cinco segundos y la vida se sucede a cámara rápida y, de pronto, estamos delante del cuarto de baño de Rachele para nuestro baño de hielo posterior al ejercicio. Da igual que sepa que es algo bueno para mí, porque sigue costándome mucho meterme en la bañera. Al principio duele mucho y lo único que deseo es salir corriendo. Transcurridos exactamente sesenta segundos, una cuenta atrás de un minuto con los dientes apretados, me inunda el placer. Primero lo noto en la garganta, después el calor se extiende por todas partes, al culo, a los ojos, a la raíz de cada pelo. Grito en éxtasis y me da igual que me oigan Rachele o cualquier otra. Noto el cosquilleo en la piel, se me estremecen los músculos y noto que me dan las gracias.

«Gracias, Martina —me dicen—. Gracias por tener el valor de sumergirte hoy, por sentir que se te para el corazón y después vuelve a latir. Eres una auténtica guerrera».

Luego las guerreras nos vamos y tenemos la sesión de fisioterapia con Alex, y casi se nos permite relajarnos en esos momentos, dejar que nuestros músculos aprovechen la pericia de sus manos, porque nunca nos toca por debajo del maillot cuando estamos en un campeonato.

—A lo mejor le da miedo la policía de los países extranjeros —dice a veces Carla, restándole importancia—. O a lo mejor se convierte en un monstruo distinto según la zona horaria. A lo mejor aquí se dedica a comer gente.

Y a veces se ríe también.

Pero yo nunca soy capaz de sumarme a sus carcajadas. Ni siquiera me parece que sean carcajadas, simplemente lo parecen. Me da la impresión de que Carla ha elegido no preocuparse por ello. Pero claro que le preocupa. Finge que no le duele, pero claro que le duele. Al igual que Nadia, quien a fin de sobrevivir ha elegido proyectar hacia todo lo demás el miedo que le tiene a Alex. Supongo que yo he elegido repetir las cosas en secuencias. Y guardar silencio siempre que pueda.

Durante la sesión de hoy, también guardo silencio todo lo que puedo. No me toca por dentro y yo cuento hasta que me desconecto.

Hasta que veo mi cuerpo tan inerte como un cadáver. Luego como una piedra. Intento aspirar el olor de la camilla de masaje: el plástico, el jabón con el que se limpia. Trato de no dejarme infectar por el olor del cuerpo de Alex. Trato de imaginarme el supermercado donde se compró el jabón. El dinero con que se pagó. Aquí tiene los cuatro euros, gracias, que pase un buen día.

—Dile a Carla que pase —me dice.

Y yo le digo a Carla que pase.

De regreso en nuestra habitación, envuelta en mi albornoz, me tumbo en la cama, con la piel enrojecida por el hielo y el calor, y llamo a mi casa. No es que quiera hacerlo, pero lo prometí y es mejor cumplir esa promesa cuando las otras dos aún no han vuelto. Mientras el teléfono da tono, me imagino a las chicas comiéndose a Karl con los ojos, y a los demás chicos guapos, a todos los españoles, o al francés que tiene ese «culito francés tan apetecible». Me imagino a Carla y a Nadia, idénticas pero con un color de pelo diferente, como las gemelas en una película de terror. También me las imagino gastándole algún tipo de broma a Angelika, cortándole el maillot o manchándoselo de kétchup o de algo asqueroso como escupitajo o pis de gato. Me odio a mí misma por pasar tanto tiempo pensando en ellas. Me encantaría ser capaz de dejar de hacerlo.

Aunque, claro, esa es otra de las cosas a añadir a la lista de cosas que me gustaría ser capaz de dejar de hacer.

Cuando mi padre responde al teléfono, de inmediato me dice que, según el calendario profético de un monje famoso, mañana y el domingo son mis días de la suerte.

—Es muy probable que te clasifiques y es más que probable que yo consiga un trabajo. Dentro de poco, puede incluso que sea mañana —me dice—. La semana que viene, a más tardar.

—Fantástico —le digo.

—A lo mejor la fábrica está reabriendo sus puertas en estos momentos y están dispuestos a readmitirnos a todos. ¡Tu suerte es también mi suerte! —Su voz suena pastosa y detecto en ella el alcohol—. Ganarás y te caerás y volverás a ganar. En el amor, en la vida, en todo —prosigue—. Mi ratoncita traviesa, ¡tienes que ser feliz!

—¿Dónde está mamá?

—Ha ido a limpiar a la peluquería. A recoger pelos —me dice—. Sueña que se los encuentra metidos en la boca y se despierta intentando sacárselos de entre los dientes. Qué mona. Y qué asco. Supongo que esa es una de las razones por las que, en la Familia de los Ratones, la queremos, ¿verdad que sí?

Empieza a reírse y yo le digo: «Sí que la queremos».

Lo digo a pesar de que decir «querer» o cualquier otra frase similar que contenga la palabra *amor* me hace sentir triste. Imito el sonido de un par de besos y cuelgo el teléfono. En cuanto finalizo la llamada, empiezo a llorar.

Al menos en esta ocasión mi padre no ha cantado «That's Amore».

Miro por la ventana para ver si los lobos están ahí, en el más blanco de los blancos. En su lugar, veo a Nadia y a Carla, y a algunas de las chicas rumanas, también a algunas gimnastas chinas y a otras que no sé de dónde son. Parece como si fueran amigas, contándose chistes, compartiendo risas, aunque es probable que estén diciéndose crueldades las unas a las otras en sus respectivos idiomas. Abro la ventana y me golpea en la cara el aire frío, junto con el sonido de las voces de las chicas.

Desde aquí es como si fueran aullidos.

Durante los torneos, cuando no estamos entrenando, a menudo nos desafiamos unas a otras, para ver quién aguanta más tiempo haciendo el pino o quién hace un salto mortal. Esta noche, junto a ese bosque oscuro, están compitiendo para ver quién aguanta más tiempo haciendo el pino con las manos metidas en la nieve. Desde mi habitación, siento su dolor, los dedos helados, la sangre que se convierte en hielo. Resulta casi divertido ver a esas aspirantes a deportistas olímpicas desafiándose unas a otras ahí fuera, a diez grados bajo cero, mientras yo estoy calentita en mi cuarto, recuperando la circulación de la sangre después del baño de hielo, con la calefacción a toda potencia.

Nunca he participado en esa clase de competiciones, pero después, en casa, siempre intento llevar a cabo cualquiera que fuera el desafío, cronometrándome, solo para ver qué tal lo haría si se me presentara la oportunidad de competir.

Lo haría bien.

Ahora, mientras soportan el frío de la nieve en las manos haciendo el pino, me fijo en sus espaldas invertidas, al descubierto, mientras la nieve sigue cayendo, y veo que Nadia gana contra Angelika y Carla. Cuando por fin se incorpora, las demás aplauden. Yo también aplaudo y me pregunto si las otras dos —las campeonas, las más fuertes de todas— habrán perdido a propósito. Me pregunto si Carla y Angelika son ambas demasiado listas como para arriesgarse a lesionarse justo antes de la clasificación por equipos. Y si serán ambas demasiado listas como para no saber que están utilizando a Nadia, al tiempo que la debilitan.

MIÉRCOLES

—Es la primera vez que alguien me gusta tanto —oigo que está diciendo Nadia cuando me despierto.

Tengo frío. Todavía es de noche. Creo que sigo siendo yo, pero tengo que ir a mirarme el pelo rojo y todo eso.

—¿Aunque sea bajo? —pregunta Carla riéndose—. ¿Aunque no sea yo?

Puedo contarme los latidos sin necesidad de llevarme un dedo a la muñeca. Lo único que tengo que hacer es escuchar lo que sucede en mi interior. Mi cuerpo es una habitación vacía; en ella, los latidos del corazón suenan con fuerza y se hacen hueco entre la carne, los órganos y la sangre. Mi corazón es del tamaño de un puño, pero si quiero puedo hacerlo más grande, como un balón, como el sol. Veo mi sangre entrar y salir de los ventrículos de este sol, recorrer mis venas, mis capilares. Me encantaría decirlo en voz alta, preguntarles a Carla y a Nadia: «¿Veis cómo la sangre da color a mis labios? ¿Os dais cuenta de que, si me concentro, puedo calentarme las manos y hacer que mi corazón sea del tamaño del sol?».

Pero, como sigo siendo yo aun estando en Rumanía, sigo guardando silencio aun estando en Rumanía. De modo que, en mi lugar, es Nadia la que habla.

—Anoche me encontré con él en el baño del piso de abajo —dice—. Yo estaba dando saltos para notar en la tripa las burbujas del refresco. Entró y se rio.

—¿Cuándo fuiste? —le pregunta Carla—. ¿Qué estaba haciendo yo?

—Estabas hablando con Anna y Benedetta —responde Nadia—. Obsesionada con la chica gorda imaginaria.

—Anna tiene el pelo supergrasiento. Es que no lo entiendo. Con todo ese dinero, ¿por qué no se compra el acondicionador más caro del mundo? Y un champú. Y un peluquero.

Bla, bla, bla. ¿Cuántas veces le habré oído decir cosas sobre el pelo de Anna o el dinero de Anna? El corazón, del tamaño del sol, me da un vuelco. Sería mejor volver a empequeñecerlo, hacer que pase de ser una gran estrella de plasma ardiente a un puño diminuto.

—Me sonrió —continúa Nadia—. Y entonces nos dijimos hola al mismo tiempo.

—¡Qué romántico! —dice Carla, con la voz cortante como el cristal.

—Se puso a hacer la voltereta lateral en el pasillo y yo lo imité. También hice una voltereta hacia atrás y me imitó él a mí. Seguimos con diferentes movimientos hasta que acabamos cara a cara, con mi tripa pegada a la suya, yo haciendo el pino contra su…

—¿Su pene?

—¡Su cuerpo!

Percibo la sensación que tuvo Nadia en la espalda en aquel momento. El vaivén de su coleta mientras hacía el pino puente, la perspectiva del mundo desde ahí. Del revés, por supuesto. Y ladeado, como si estuviera dentro de una piscina. Sentirse así es lo que tiene de mágico la posición del pino puente, igual que lo mágico del doble salto mortal es aguantar la respiración y convertirte en un pez volador. Pero no digo nada sobre sangre ni labios rojos, ni piscinas ni peces voladores.

—También nos rozamos las narices. Nos las frotamos estando del revés —prosigue Nadia.

—¡Qué asco! —exclama Carla—. Eso no tiene nada de sexi.

—Fue muy agradable —asegura Nadia, y empieza a reírse—. Creo que las narices pueden ser muy sexis.

Carla se sube encima de ella y la obliga a frotarse las narices; yo me obligo a no mirar y empiezo a contar. Llego hasta setecientos y entonces me quedo dormida.

Lo siguiente que oigo es a Carla.

—No soporto a esa zorra —está diciendo, y sé que está hablando de Angelika.

Oigo que se mueve su colcha, y sus pasos sobre la moqueta. Abro los ojos y veo que Nadia y ella están mirando por la ventana. Nadia va completamente desnuda y Carla lleva puesta una venda fluorescente alrededor de la rodilla izquierda que brilla a la luz de la luna, como esas pegatinas en forma de estrella que hay en las paredes de los dormitorios. Esas mismas pegatinas de estrella que al final dejan de brillar y dejan en las paredes marcas negras de pegamento para siempre.

Vistas desde atrás, parecen niños pequeños, con las nalgas redondas y firmes, las piernas cortas y las espaldas arqueadas. Dos niños pequeños de unos cinco o siete años, con la piel llena de moratones y arañazos. Esa también sería una imagen preciosa, la blancura de fuera y la rubia y la morena asomadas a la ventana, iluminadas solo por el cielo, con las manos entrelazadas, confirmando su pacto de unión eterna, mientras critican a Angelika. Angelika la loca, Angelika la enemiga, Angelika la perra que tiene que morir.

—Pero ¿por qué sigues corriendo? ¡Si Florin está muerto, idiota! —grita Carla a través de la ventana abierta.

—¡Ya puedes parar! —exclama Nadia—. ¡Ya lo hemos pillado, eres una presumida!

Se aprietan más la una a la otra, sacudiendo la cabeza, y dan un par de saltitos antes de volver corriendo a meterse debajo de la colcha. Siguen riéndose por el frío cuando vuelvo a cerrar los ojos. Siento el hielo sobre su piel y, mientras me entrego de nuevo a mis sueños, veo sus cuerpos desnudos, mezclados con el pelo en la boca de mi madre y Angelika a cuatro patas como un perro, y oigo el ritmo de la secuencia más famosa de Nadia Comaneci sobre las barras asimétricas. Es un *solfeggio* que me sé de memoria. Me pregunto si podré obligar a los latidos de mi corazón a imitar también ese ritmo.

Sigo soñando cuando suena la segunda alarma. Me estiro, me tomo un analgésico, después me meto en el cuarto de baño para poder aclararme los restos de sueños y comprobar el grado de rojez de mi melena. Me gusta estar bajo el agua. Puedo aguantar la respiración debajo del chorro largo rato. Si no hubiera escogido la gimnasia, habría sido buena en natación y, a lo mejor, cuando haya terminado con las anillas, eso aún puede ser una opción. Puede que vaya nadando a los campeonatos.

Cruzaré todos los océanos y todos los mares inmensos.

De vuelta en el dormitorio, estamos concentradas y tensas. Nos ponemos el maillot azul para la clasificación por equipos, cubriendo nuestro cuerpo desde la entrepierna hasta los hombros. Nos rociamos un poco de pegamento para que la tela se nos pegue al culo y así no se mueva. Nos pueden restar puntos si nos recolocamos el maillot durante una rutina o si se nos ve parte de la ropa interior. Estos maillots no son tan elegantes como el que me pondré el domingo si consigo clasificarme, y por eso los prefiero. Siempre me gustan más los de la prueba clasificatoria, porque son más sencillos, monocromáticos y no demasiado llamativos. Los que se usan para la prueba general de la final son de un rosa chillón y están llenos de lentejuelas.

No me gusta el rosa, tampoco me gustan las lentejuelas. Ni siquiera estoy convencida de que me guste la final.

Nadia y Carla se pintan las uñas la una a la otra, se ayudan a apretarse el moño y se miran para ver qué aspecto tienen desde atrás. Están increíbles, las dos concuerdan. Me dan a mí un repaso para ver cómo estoy. Mis muslos. Mi culo. «Tu cuerpo no es tuyo, es del equipo», oigo decir a Rachele en mi cabeza.

—¿No te preocupa que te salga celulitis? —me pregunta Carla.

Imagino que, por detrás, yo no estoy increíble como ellas.

—¿Sabías que a las pelirrojas les sale celulitis antes? ¿No te da miedo? —me dice Nadia.

—No —respondo.

Aunque la verdadera respuesta es que sí. Ahora sí que me da miedo la celulitis. No soporto la celulitis y no quiero ni que se me acerque. Igual que los carbohidratos, la voz estridente de Rachele, la respiración acelerada de Alex y los lobos de ahí fuera.

Nadia le aprieta todo lo posible la cinta elástica a Carla en la rodilla y después le coloca el protector. Carla suspira.

—¿Te duele? —le pregunta Nadia.

—¿A ti qué te parece? Demasiadas operaciones. Me dolerá siempre —responde Carla.

—Sí, pero hoy ¿cuánto te duele?

—Deja de darme la murga y tira con más fuerza.

—Ya tiro, pero, si te duele, debes decírselo a Alex y a Rachele.

—Mira, chiflada, a ver si voy a tener que darte una patada en el culo. La rodilla está bien. Puedo aguantar el dolor sin problemas. Lo que no aguanto es tu voz.

Yo me pongo mi iPod antediluviano, elijo el modo aleatorio y sigo preparándome mientras las observo con disimulo. ¿Hemos prestado suficiente atención a esa rodilla izquierda? Empiezo a sentir el dolor que podría causarnos a cada una de nosotras. Sucede lo mismo con la culpa o la responsabilidad, que lo compartimos. Y, como lo compartimos, estaremos todas débiles el domingo, cuando necesitamos que Carla esté fuerte y gane medallas. Un cuerpo, un corazón. Una rodilla.

En la cafetería, todos los equipos se muestran tranquilos y ordenados, cada uno sentado a su mesa, con sus respectivos entrenadores y fisioterapeutas en la cabecera, todos vestidos con el chándal de su club. Estoy segura de que muchos de ellos tienen un Alex. Discreto y amable visto desde fuera, formal y dispuesto, pero capaz de lo peor a puerta cerrada. ¿Los demás gimnastas también habrán pedido ayuda y nadie los habrá escuchado? ¿También ellos sentían que decirlo en voz alta resultaba tan doloroso que parecía que se les iban a caer los dientes y se les iba a romper el corazón? ¿Su entrenador, igual que Rachele, también les prometió que ya estaban a salvo?

¿Nos pasaremos todos la noche contando hasta mil y luego hasta un millón?

Las chicas llevan demasiado maquillaje, y los chicos, demasiada gomina en el pelo. Hoy serán eliminados ocho de los dieciséis equipos. No deberíamos preocuparnos y más o menos ya sabemos quién caerá eliminado: el equipo irlandés, el griego sin duda, y así sucesivamente. Aun así, nos preocupamos, también porque no preocuparse equivaldría a no ser humildes. O buenas. Y además trae mala suerte.

Nos bebemos el café, nos comemos las medias galletas de cartón y escuchamos a Rachele. Esta mañana prestamos más atención porque nos da miedo la que se nos viene encima. Incluso logramos escuchar a Alex sin que nos brote el odio por los poros de la piel, sin marearnos, mientras nos indica que debemos calentar como es debido y prestar atención al cuidado de las lesiones. Nadia está empezando a ponerse pálida, Anna parece al borde de un ataque de pánico, Benedetta está temblando, Carla habla más alto de lo normal mientras se mentaliza de todo lo que Rachele dice que debemos y no debemos hacer.

—Y no comáis demasiado —concluye Rachele, fijándose en nuestros platos.

—¡Cómo se nos iba a ocurrir! —comenta Carla.

De inmediato decido dejarme la mitad de mi media galleta.

—Cuando lleguemos al gimnasio, como acaba de decir Alex, haremos los calentamientos. Las pruebas clasificatorias comienzan a las once —explica Rachele—. Carla, por favor, deja de reírte. Y, Nadia, tú no le des alas, por favor. Respeto, elegancia y sinceridad. No quiero oír ningún comentario sobre los otros equipos. Sed fuertes, porque sois fuertes. Sed valientes, porque sois valientes. Por eso estáis aquí y todas las demás chicas que empezaron gimnasia con vosotras ya han desaparecido.

Nos mira. ¿Estará decidiendo en secreto quién desaparecerá también de nuestro club dentro de poco? ¿Seré yo?

—Benedetta —dice de pronto—. Vuelve a arreglarte el pelo. Somos un corazón. Un cuerpo. Y con un pelo así, nuestro cuerpo es penoso. Bueno. Vamos a trabajar. Portaos bien, chicas.

Trabajar, trabajar, trabajar. Rachele lo dice tan a menudo que solo el hecho de oírle repetir la palabra *trabajar* nos supone un arduo trabajo. Igual que no para de repetir: «Sed fuertes porque sois fuertes», y que tenemos que portarnos bien. Nos sabemos sus frasecitas de memoria; sin embargo, antes de una competición tenemos que oírlas una y otra y otra vez. Porque lo que dice siempre es importante en lo relativo a rituales, supersticiones y repeticiones, y porque ha sido la presencia más constante en nuestras vidas, de modo que, a pesar de todo, tenemos que soportarla y tolerar lo que imaginamos que es una especie de amor. Tampoco es que tengamos elección. Hemos pasado más horas con Rachele que con nuestras madres. Está al corriente de si tenemos caries, de si llevamos aparato y de cómo están nuestras analíticas de sangre. Conoce nuestro pasado y nuestro presente. Probablemente conozca también nuestro futuro, qué será de nosotras y quién llegará a formar parte del equipo nacional. Sabe quién no ha cumplido su promesa y, pese a todos sus esfuerzos, va empeorando por momentos. Es probable que también sepa si me clasificaré entre las primeras quince el domingo. Y quién, más tarde o más temprano, acabará por sucumbir al horror. Desde luego, está al corriente de cada detalle de lo que Alex nos ha hecho a mí y a todas las demás.

—Deja que yo me encargue —me dijo—. Ahora estás a salvo, Marti.

Había tenido que reunir todo el valor de este y otros universos para poner una palabra detrás de la otra. Para decirlas en voz alta. Me había pasado noches enteras llorando y vomitando para ser capaz de mirarla a los ojos y contarle que, en casi todas las sesiones de fisioterapia, Alex me metía los dedos. Que, en ocasiones, aún sin recordar bien si ya me habían crecido las tetas, me las agarraba y empezaba a masajearlas. Y que a menudo le oía jadear mientras me masajeaba, me tocaba, me acariciaba. ¿Es violación, entrenadora? ¿Puede hacer que pare?

—No te preocupes —me dijo—. Yo me encargo. Y gracias por confiar en mí.

Me dio un abrazo.

Durante unas dos horas y media, la creí. Creí en la fuerza de aquel abrazo. Pensé que, al hacer acopio de todo mi valor, había sido la pionera que debía ser y que había resuelto la situación. Me imaginé viendo cómo la policía detenía a Alex, no tener que volver a verlo nunca más y enterarme, a través de las noticias, de que estaba en la cárcel. Me imaginé escribiéndole a su mujer. Y borrando las palabras de la tarjeta. Y volviendo a escribirlas.

Pero, cuando llegó el momento de mi siguiente sesión de fisioterapia, volvió a pasar lo mismo. Ahí estaba Alex, en la sala. Rachele no estaba. Y desde luego tampoco estaba la policía. Él se hallaba de buen humor. Me habló con amabilidad.

—Pero, bueno, Marti —me dijo—, lo que le has ido contando a Rachele es horrible. Y siento mucho que hayas tenido que pasar miedo sin ningún motivo. Has malinterpretado por completo mis intenciones, y, sí, quizá la culpa de eso sea mía. Estoy seguro de ello. Al fin y al cabo, yo soy el adulto. El caso es que no te di la información fundamental para que entendieras que todo lo que hago es por un motivo médico. Mira esto.

Me mostró un vídeo de baja calidad en el que salía un quiropráctico haciéndole algo en la cadera a alguien. Mientras veía el vídeo, desconecté y empecé a contar, para no desmayarme. Cuando terminó el vídeo, me tumbé bocabajo y él empezó a trabajarme las caderas. Había llegado al número 1007 cuando su dedo médico volvió a introducirse en mi interior por motivos médicos. Y, media hora después, habiendo alcanzado el número 4023, ya estaba de vuelta en el gimnasio.

Eso fue hace dos años.

El ejercicio de suelo es mi especialidad. La barra de equilibrio es mi punto débil. No sabría decir si soy lo suficientemente fuerte para conseguirlo el domingo o alguna vez en la vida, porque no resulta fácil ser capaz de verte y entenderte desde dentro. No es fácil entender si eres buena cuando los demás te dicen que lo eres. O si estás a salvo cuando los demás te dicen que lo estás. De manera que hoy lo único que sé es que soy pelirroja y que a las pelirrojas les sale celulitis antes. Sé que es mejor comer menos y trabajar más. Sonreír y luchar por el equipo. También sé que, cuando Carla reza por las noches, cuando recita el padrenuestro, ella también está intentando entenderlo todo, y que cuando Nadia escupe su comida en una servilleta, está haciendo lo mismo. Sé que por eso Benedetta se hace cortes cerca de la pelvis, porque allí el maillot se lo tapará, y que a veces consigue hacerlo con las uñas, pero generalmente utiliza una cuchilla. Me fijo en el resto de mesas a mi alrededor y sé que muchos de esos entrenadores o entrenadores adjuntos insultan o acosan a las chicas y a los chicos de sus equipos. Por eso también la música a todo volumen es mejor que las palabras, por eso ser fuerte es mejor que ser débil y sobrevivir parece mejor opción que morir.

La mitad de media galleta siempre será mejor que nada.

Carla le da un codazo a Nadia y ambas empiezan a mirar a Karl. Hasta él parece más serio esta mañana; se espera mucho de él y quién sabe si habrá podido dormir bien esta noche. Karl mira a Nadia y Carla le guiña un ojo.

—Déjalo ya, idiota —le dice Nadia—. ¿Por qué le guiñas el ojo? Es mío.

Percibo la rabia en la mirada de Nadia. En la tensión de su cuerpo entero.

—Eres un coñazo. Tú sí que eres mía y solo mía. Voy a hablar con él con la lengua —dice Carla.

Me doy la vuelta y veo que está lamiéndose los labios. Se le ponen brillantes por la saliva y se tapa la boca con la mano para que la entrenadora no la vea. Pero en realidad quiere que el resto la veamos, así como el equipo de Karl al completo. Y, por supuesto, todas la vemos.

—Hazlo como yo —le dice a Nadia—. Que se vuelva loco.

Nadia está a punto de imitarla, pero en lugar de eso se queda mirando la lengua de Carla como si estuviera estudiando su saliva brillante y luminosa.

—Te odio —le dice.

—Me quieres —responde Carla.

La quiere.

En el otro extremo de la cafetería, Angelika tiene el semblante tremendamente serio, ni siquiera parpadea mientras escucha a su entrenador. En mi opinión, ser capaz de no parpadear es señal de auténtica dedicación. Me gustaría ser rumana, creo, aquí y ahora. Porque las gimnastas rumanas son realmente guapas y no parecen infelices ni jorobadas como las trabajadoras sociales, que son las únicas rumanas que aparecen en televisión, o de las que habla Carla. No solo son más guapas, sino que, por lo general, también son mejores gimnastas.

Mi padre siempre se queja de que en este mundo de mierda nadie puede cuidar de sus propios hijos. Las niñeras dejan atrás a sus propios retoños y se trasladan a otro país para cuidar a los hijos de unas madres ligeramente mejor situadas, quienes no pueden cuidar a sus propios vástagos porque tienen que ir a trabajar. Según él, esto se convierte en un absurdo círculo vicioso. Según él, vivimos en un mundo enfermo.

—Sobre todo si tenemos en cuenta que los superricos, como las actrices famosas —añade—, adoptan a niños pobres, quienes a su vez son los hijos y madres de otros padres, y eso también dirá algo sobre nuestra idea del amor, ¿no es así?

Y por lo general entonces pasa a explicar que tal vez eso sea algo bueno, algo que funcione en cierto modo, y que en cientos, miles o millones de años habremos creado un sistema con fluidez propia, megafamilias de madres muy lejanas que crían a los hijos de otras madres porque quizá incluso eso sea mejor.

—Quizá sea incluso mejor no mezclarte con los de tu propia sangre. Quizá sea un avance para la civilización, algo que nos traiga paz. Igual que las jirafas tienen el cuello largo y a algunas personas no les da miedo la sangre para que así puedan ser médicos mientras que otros no pueden. Quizá nuestra forma de desarrollar un cuello largo sea dejar de cuidar de nuestros propios hijos: imagina lo que ocurriría si ese fuese el sistema mundial. A lo mejor desaparecería el racismo. Y la idea de poseer un terreno, un país. ¡Se acabarían las guerras! —dice, y llegado ese punto siempre agrega—: Pero, por el momento, ratoncito, aquí seguimos, y casi todo tiene que ver con el dinero, así que hemos sido muy afortunados en ese sentido, porque ni siquiera podíamos permitirnos contratar ayuda, de modo que te criamos nosotros solos, al cien por cien. Con ayuda de la gimnasia, por supuesto.

Con ayuda de la gimnasia, por supuesto.

Dormía en los despachos que había que limpiar y nunca me separaba de mis padres. Pero, cuando empecé con la gimnasia, se impuso el orden, otros adultos comenzaron a cuidar de mí, ayudando en mi crianza. Estaban los entrenadores. Los médicos. Y, a pesar de que algunos de esos adultos eran como Alex, otros sí que se preocupaban por mí. Ahora estaba el equipo, y mi vida más allá de nuestra casa y de nuestra familia. Estaba la oportunidad de mejorar mi vida, lo que sea que eso signifique, y de convertir un gimnasio en un hogar.

Siempre me ha gustado la idea de que, al empezar a entrenar gimnasia, alivié a mis padres de la carga que yo suponía. El club paga todos mis viajes y mi manutención cuando participo en campeonatos o voy a cualquier otra parte con ellos, y además en ocasiones contribuyen si necesito un maillot nuevo o algo que no podemos permitirnos, pero necesito de verdad. El club me paga los libros de texto, la fisioterapia, las pastillas, y una parte de mí se siente tan orgullosa de eso que lo convierte en un impulso secreto para no dejarlo.

Deseo ser buena, así que soy buena.

Otra ventaja es que, cuando estoy de viaje, mis padres duermen en mi habitación, de modo que tienen un cuarto para ellos y no tienen que pasar las noches en el sofá. A veces me pregunto qué se dirán el uno al otro cuando no estoy en casa. A lo mejor hacen planes. O elaboran listas de sueños que tal vez parezcan más factibles cuando no estoy allí.

Probablemente por eso ellos tampoco me hicieron caso cuando les conté lo de Alex.

Salimos de la cafetería del hotel, formando una fila de chicas bien educadas. Sí que es verdad que somos muy bajas, muy menudas, y lo noto más aún cuando paso junto a los camareros, o cuando me acerco a alguno de los demás huéspedes del hotel, que deben de pensar que parecemos alienígenas. Resulta humillante ver el mundo desde aquí abajo, al nivel del ombligo de la mayoría de la gente. Resulta humillante y, al mismo tiempo, fascinante, como muchas otras cosas en la vida. Morirte de hambre para que puedan decirte que eres guapa. Guardar silencio para que puedan decir que eres fuerte. Bajar la mirada para que te llamen humilde, agradecida y elegante.

Por fin somos libres cuando atravesamos el campo blanco y nos quedamos solas nosotras. Nosotras, las gimnastas. Nosotras, las buenas chicas. Nadie nos da órdenes. Nadie nos llama nada. Y ahora sí que somos realmente llamativas, sí que somos un ejército.

Cruzamos el puente intoxicadas por el frío y dejamos atrás el bosque y a los lobos que habitan en él. Dejamos atrás todos nuestros pensamientos.

Nos limitamos a caminar y a correr. Y a reír.

La pista está iluminada. El público está allí, los asientos casi todos llenos. Reconocemos su presencia, pero tratamos de no distraernos. Percibo su mirada. Oigo sus sonidos, los zapatos contra el suelo, las ráfagas de aplausos, el murmullo de sus conversaciones. Percibo su emoción, que se convierte en mi emoción. Alguien grita el nombre de Angelika. Y el de Carla. Oigo sus latidos. Después, los míos.

Los sincronizo todos.

A fin de tratar de lograr más fuerza y concentración, mantengo cierta distancia con mis compañeras de equipo mientras se quitan el chándal. Se quedan con el maillot mientras yo sigo con el chándal, como si estuviera dentro de una jaula. Veo que Carla y Nadia repiten su absurda rima y leo en sus labios las palabras sobre el cucu amarillo. Los jueces se están reuniendo y van iluminándose los marcadores para las puntuaciones. Me concentro en la silueta marrón dibujada con lápiz de labios en torno a la boca de Rachele y en el pintalabios anaranjado con el que se ha pintado. Ha vuelto a emplear demasiada cantidad y el resultado es pastoso, como plastilina. Se le quedarán manchas de pintalabios en uno o dos dientes y, cuando las vea, sé que perderé un poco más de confianza en ella, por no ser capaz ni de prestar atención a llevar los dientes limpios. Así que dejo de mirar, porque preferiría no saberlo. Por la misma razón por la que nunca volveré a hablarle de Alex. Preferiría no tener que volver a escuchar sus mentiras. Y no volver a derrumbarme después en el silencio posterior.

—Quiero que mantengas vigiladas a Carla y a Nadia —me susurra Rachele—. Esas dos se fortalecen la una a la otra, pero también pueden llegar a debilitarse mutuamente, y sabes de sobra que tenemos que cuidar las unas de las otras y, en especial, debemos cuidar de Carla. ¿De acuerdo?

—De acuerdo —respondo.

O a lo mejor no digo nada. A las dos nos da igual lo que haya dicho.

—Por favor —prosigue—, si sucede algo, ven a decírmelo. Si las ves hacer algo, no sé, peligroso, o que a ti te parezca peligroso, ven y me lo dices.

—¿Peligroso como qué?

¿Como hacer tres volteretas voladoras hacia atrás intentando no morir? ¿Como quedarte a solas con Alex desde que tenías diez años? ¿Como no comer o inflarte a pastillas? ¿Como qué?

—No te pido que seas una chivata —me asegura Rachele—. Solo te pido que me ayudes a controlar su, digamos, tranquilidad. Porque su tranquilidad ¿qué es?

—¿Mi tranquilidad?

—¡Exacto! Y, volviendo a ti, Marti. Encárgate del Tsukahara. Con esfuerzo puedes lograr cualquier cosa, mi amor. Acuérdate de sonreír, sobre todo cuando un ejercicio te salga bien. Tú también puedes ser guapa, ¿de acuerdo? Sé la pionera de tu futuro.

Me dan ganas de vomitar. «¿Mi amor?». «¿Tú también puedes ser guapa?». Sin asomo de duda, me siento la chica más fea de todo el equipo. O de todo este hemisferio. Y además de eso soy la invisible, la mejor educada de todas, obligada a compartir con las dos chicas más guapas y fuertes del equipo para poder chivarme de ellas. Si esto fuera una película, llevaría aparato en los dientes y gafas, y tendría la cara llena de espinillas.

Aprieto la mandíbula y noto la presión hasta los ojos. Aprieto más y trato de notarla también en el cráneo. ¿Por qué hablar

74

conmigo ahora, justo antes de la competición? Rachele debería buscarse otro trabajo y marcharse lo más lejos posible. Me siento agotada, perdida, hasta que recupero el aliento y es en ese momento cuando oigo un golpe seco y un murmullo generalizado entre susurros.

El silencio que se produce a continuación es el silencio del desastre. Sabemos que ha ocurrido algo malo antes incluso de comprobarlo con la mirada. Hemos crecido con esos golpes secos seguidos de silencio.

Son nuestra banda sonora.

Cuando el mundo comienza a girar de nuevo, veo que los médicos corren hacia la colchoneta y también los sanitarios con una camilla. Me agacho para ver quién está tirado allí, en la colchoneta, debajo de las barras, porque un golpe seco siempre es el sonido que hace un cuerpo al estrellarse contra el suelo, y un murmullo siempre es el murmullo de la multitud cuando un cuerpo se queda inerte. Lo único que alcanzo a ver son un par de piernas pequeñas y unos pies totalmente quietos. Los pies apuntan hacia el techo, sin moverse, sin temblar, sin nada. Ver unos pies inertes, que no tiemblan, sin alcanzar a ver una cara es peor que ver el cuerpo entero de una sola vez. Mis compañeras de equipo se han llevado las manos a la boca. Algunas están aterrorizadas, otras parece que estuvieran a punto de carcajearse. Deben de ser los nervios.

Rachele nos dice que nos sentemos y nos estemos quietas y calladas, de modo que eso hacemos. Soldados de juguete, buenas chicas, nos estamos quietecitas y en silencio.

—Qué desastre —murmura Nadia.

—No sabes lo que ha ocurrido —le responde Carla—. A lo mejor es Angelika. Vamos a ver si la libélula ha acabado aplastada.

—No bromees.

75

—¿No quieres que sea feliz, Nadia?

Nadia mira a Carla. Creo que está imaginándose a Angelika sin vida sobre la colchoneta, o fuera de combate, tal vez paralítica. Ya hemos visto que esas cosas pasan, no sería la primera vez ni será la última. A lo mejor Nadia ya está viendo esta secuencia subida a YouTube. Con mil visualizaciones, montones de comentarios, de pulgares arriba y pulgares abajo.

Nadia empieza a respirar con tanta dificultad que me da la impresión de que va a desmayarse.

Carla le estrecha la mano y se la acaricia. Le acaricia el dorso y después se la gira y le acaricia también la palma. Supongo que quiere que sienta dos tipos distintos de caricias. Luego hace un mohín y apoya la cabeza en el hombro de Nadia, y adopta una expresión de dulzura mientras le susurra que no deberían bromear con la posibilidad de que Angelika haya muerto o sufrido una grave lesión. Carla lleva el pelo recogido en un apretado moño amarillo como la miel. Lleva sombra de ojos azul en los párpados y, con sus manos diminutas de uñas pintadas, sigue acariciando a Nadia mientras repite las palabras *coma* y *parálisis* y dice: «Ojos que no ven, piernas que no sienten».

Nadia está pálida. Como la actriz de un drama de época, la protagonista de una historia romántica ambientada en el siglo dieciocho o tal vez el diecisiete, que se pasa la segunda mitad de la película tosiendo, justo para indicarnos que se va a morir. Cosa que, por supuesto, sucede al final, de tuberculosis o algo así.

—Estás temblando —le dice Carla.

—No es cierto —responde—. Estoy bien.

—Hablemos de Karl —sugiere Carla—. Lo besaremos para que consiga olvidarse de lo bajo que es.

—Por favor —murmura Nadia—. Déjame en paz.

La multitud se aparta, se llevan la camilla y, tendida encima, como una muñeca de trapo, va una diminuta gimnasta polaca. No recuerdo haberla visto antes. Ahora la veré por siempre en mis sueños.

Los adultos siguen hablando entre ellos mientras se apartan y se llevan a la chica con un collarín. Nadie nos dirá nada, al menos hasta que termine el día. De manera que me quito el chándal y empiezo a calentar. Sé que es lo que debemos hacer. Trabajar. Y, muy en el fondo, todas nos sentimos aliviadas porque, como bien nos ha enseñado Nadia, las estadísticas de un desastre potencial están ahora de nuestro lado. Una de las chicas ya se ha hecho daño, han metido una camilla en el gimnasio y eso, de inmediato, hace que nosotras estemos más seguras.

Pero, junto con ese alivio, viene también la culpa.

—Es una pena, pero no podemos hacer nada al respecto —declara Rachele—. Vamos a ponernos a trabajar.

—No os preocupéis, chicas —nos dice Alex. Y la *s* de *chicas* en mi cabeza se convierte en una serpiente resbaladiza y viscosa. La mato con un palo. La cocino y me la como.

Los jueces ocupan sus puestos. Rachele nos dice las mil cosas de siempre y nos explica el orden de la competición. Estoy a punto de mirarle los dientes para ver si los tiene manchados de pintalabios, pero consigo no mirar. Nadia es la primera y le decimos «Rómpete una pierna»; al decirlo, pienso en nuestras piernas rotas, y de pronto aparecen de nuevo en mi cabeza los lobos que habitan en el bosque. ¿Podría aprender a convivir con ellos ahí fuera? ¿Me protegerían y matarían por mí? Me imagino la cueva donde me cobijaría, con una hoguera, durmiendo plácidamente cerca de los animales. Sé que suelen cazar en manada a sus presas, y, en cierto modo, yo también estoy acostumbrada a ir en manada con mi equipo.

—Sé una buena chica —le dice Rachele a Nadia—. Sé fuerte.

—Te quiero desnuda en mitad de la pista si te clasificas entre las diez primeras en la final general —le susurra Carla.

—Cállate, idiota.

Pero sé que Carla la ayuda cuando hace esto, porque así Nadia se distrae y se olvida por un momento de sus demonios y sus monstruos. De hecho, desde ese instante, nos convertimos en un ejército, en la manada de cazadoras que podemos ser.

Las palabras de Carla funcionan mejor que las de Rachele. También su talento.

Cuando corre para realizar cualquier salto, es como si corriésemos todas con ella. Seguimos su belleza y su ritmo acelerado en las barras asimétricas y celebramos su perfección sobre la barra de equilibrios. Para cuando pasamos al ejercicio de suelo, gracias a su energía, que se convierte en nuestra energía, todas lo hacemos genial. Estamos concentradas. Somos un equipo. Pese a la debilidad general de Benedetta y al rendimiento medio de Anna, estamos cerca de alcanzar una puntuación de ciento sesenta que nos situará entre los diez primeros equipos. Yo lo hago bien en la barra, Carla es la estrella de la función y Nadia se muestra fuerte, segura de sí misma cuando comienza su último ejercicio en el suelo. Tras ejecutar el giro de lobo doble, el salto con giro y *split*, además de un precioso carpado frontal, saluda al jurado, orgullosa de toda la belleza y precisión que es capaz de alcanzar. Arquea la espalda mientras saluda y su humilde sonrisa ilumina toda la pista. El público responde con un aplauso ensordecedor. Carla asiente a modo de reconocimiento.

—Te quiero —le dice a Nadia.

—Yo también te quiero —responde Nadia.

Me llega a mí el turno de los ejercicios de suelo y tengo que tocarme la nariz varias veces antes de mi rutina, pero nadie se da cuenta. Cuando comienza la música, la memoria de los músculos reacciona antes que la de la mente. Empiezo con una secuencia acrobática y me muestro rápida en los saltos, en los giros, con la postura correcta. Aprieto el culo, meto tripa. Aterrizo a la perfección en mi tercera diagonal. Ejecuto un rebote limpio, igual que mis pases de combinación, después procedo con una plancha doble seguida de un aterrizaje con carpado.

Me da la impresión de que a lo mejor Rumanía ya me ha convertido en una ganadora.

En mi última diagonal también me atrevo a pensar en la reacción del equipo cuando sean testigos de mi elegancia innata, y ese es justo el momento en el que pierdo el control y toda mi elegancia. Me lanzo a hacer la voltereta frontal, luego una rondada temblorosa y después un triple giro, antes de perder la postura corporal. Tras la voltereta en el aire y un nuevo giro, aterrizo con los pies separados y doy dos pasos de más.

Saludo al jurado y enseguida miro a Rachele a los ojos. Su sonrisa no parece sincera. No quiero ver si Alex sonríe o no.

Pasamos al potro y Carla es la primera. Durante sus mágicos noventa segundos que duran una hora, o quizá una vida entera, se olvidan de mí. No me necesitan. Y, cuando Carla hipnotiza al público, el tiempo y el espacio se expanden en su honor y todo y todos quedan en el olvido. Cuando termina su rutina y saluda a todos los universos conocidos y desconocidos, estoy convencida de que del techo va a empezar a caer purpurina.

En un intento por aprovechar parte de la purpurina mágica de Carla, corro hacia el potro, aunque vuelvo a perder la postura. A lo mejor su madre tiene razón. A lo mejor sí que existe Dios y Carla es una de las elegidas.

Nadia, Benedetta y Anna hacen unos ejercicios aceptables en el potro, después esperamos junto a nuestro banco mientras suman los últimos puntos, bebiendo agua, relajando los hombros y las piernas. Me subo y me bajo la cremallera del chándal, repaso mentalmente todos mis errores y comienzo a descontar decenas y cientos de puntos del éxito global del equipo.

—Joder, Martina, has estado a punto de echarlo todo a perder —me acusa Carla—. Gracias a Dios que no te necesitábamos.

—Para ya —le reprocha Nadia—. No podemos hacer eso.

—Buen trabajo, chicas —dice Rachele cuando Carla obtiene 15,66, Nadia logra un 14,77 y yo un 13,66.

Las Inútiles consiguen 14, pero en general, pese a mí, el equipo lo ha hecho bastante bien y nos llevamos a casa un contundente 168,40. Estamos dentro, eso seguro.

Así que sonreímos. También nos abrazamos.

Estudiamos las puntuaciones de los equipos que han logrado pasar a la siguiente fase y vemos que las griegas y las portuguesas están llorando. Ya hemos sido antes esas chicas. Nos fijamos en el éxito de las rumanas y de las chinas y tratamos de digerirlo. También hemos sido esas chicas. Reconocemos las puntuaciones medias del club español y seguimos con nuestra vida.

—Esta noche podéis comer carbohidratos —nos dice Rachele—. Os lo merecéis.

—Lo habéis hecho genial —apostilla Alex.

Como de costumbre, intentamos cancelar su voz del espectro de sonidos del mundo, como el sonido de las bombas o de los coches al estrellarse, mientras él habla y habla, comentando hasta el último detalle de las pruebas clasificatorias del día.

—¿Por qué no se calla? —oigo que dice Nadia—. Es que no se calla nunca.

Me vuelvo y la miro. Es la primera vez que le oigo decir algo sobre Alex en voz alta delante del equipo. Da más miedo de lo que pensaba.

Cuando salimos del gimnasio a las siete, las montañas que rodean el aparcamiento del hotel de los tiempos de la guerra están cubiertas de nieve. Miro hacia el cielo y se me llenan los ojos de copos de nieve. Se convierten en lágrimas gélidas, cristales en vez de gotas, así que, cuando nadie me mira, saco la lengua y aguardo ese cosquilleo minúsculo, frío y mágico.

«Gracias a Dios que no te necesitábamos», oigo de nuevo en mi cabeza.

Salen todas corriendo y gritando, sintiendo cómo se compacta la nieve bajo sus botas. Pero yo estoy a punto de ponerme a llorar y todas se dan cuenta.

—¡Un cuerpo, un corazón, Martina! —grita Carla—. Mañana lo harás genial, perdona por lo de antes. Os quiero, chicas.

Y, cuando lo dice, sabemos que tenemos que abrazarnos todas. Es la norma. Si Carla hace las paces, tú haces las paces. De modo que lo hacemos, nos abrazamos y volvemos a ser un solo cuerpo, apretadas, con las mejillas pegadas, los brazos entrelazados, junto al bosque vasto y oscuro.

—Dilo.

—Mañana lo haré genial —repito. Y me clavo las uñas con fuerza en las palmas de las manos.

Mañana lo haré genial y esta noche se nos permite no solo comer carbohidratos, sino también salir del hotel a modo de recompensa, para ver un mundo sin salones enmoquetados ni marcadores de puntuación, para dejar de pensar en caídas y piernas rotas, en que la vida de la chica polaca podría cambiar hoy para siempre, y pensar más en lo que suelen pensar las chicas de nuestra edad. No tengo muy claro qué sería eso, pero según parece implica ir a un centro comercial. Es la mejor noche libre que nos han ofrecido en meses. Yo diría que incluso en años, si no sonara demasiado patético.

Nos duchamos, nos arreglamos y nos embadurnamos de maquillaje. Nos montamos en el minibús y nos vamos al pueblo. Dejamos atrás las montañas, el río, un parque acuático cerrado, el sonido del viento cuando circula entre los árboles del bosque. El centro del pueblo está limpio y me parece medieval. O a lo mejor es de otra época, yo qué sé. A nuestro alrededor pasan los tranvías y hacen el mismo ruido que los que tenemos en casa. Algunas de las calles de las afueras son bastante anchas, con edificios anodinos y repetitivos, y a mí me encanta esa repetición y me encanta pegar la frente al cristal frío de la ventana, escuchando música a todo volumen por los auriculares, ignorando a las demás chicas. Mido los edificios, estudio cada uno de ellos y comparo el color de las farolas rumanas con las que veo después del entrenamiento cuando vuelvo a casa en autobús.

Miro sus estrellas. Miro su luna.

Cuando sea mayor, podría viajar y no hacer otra cosa. Tendría que ver la manera de ganar dinero y puede que esta idea sea mejor que la del gimnasio. La verdad es que no quiero hijos ni marido. Ni trabajar con mi madre. Preferiría sin duda apoyar la frente contra el cristal frío de ventanillas en ciudades que no conozco. Estudiar sus edificios. Sus estrellas. Su luna. Oír idiomas extranjeros, convertirlos en sonidos familiares, convertir esquinas extranjeras en esquinas familiares. Preferiría perderme, desaparecer, esfumarme, en vez de tener que ser siempre yo. Y, si tengo que seguir siendo yo, por lo menos preferiría poder cambiar el decorado de fondo.

—¿Dónde estás, ratoncito, cariño? —me preguntaría mi madre por teléfono, y su voz sonaría muy lejana. Y, desde tan lejos, sus chillidos dolerían menos.

—Acabo de llegar a África —le diría.

—¿No estabas en Alaska?

—Lo estaba. Ahora estoy en Senegal.

—La nieve hace que Rumanía parezca menos asquerosa —comenta Carla, así que cancelo su voz subiendo más aún el volumen de mi música. También porque, de hecho, Rumanía es impresionante. Siendo pobre, pero con música, aquí en la impresionante Rumanía, me digo a mí misma que no se está nada mal. En cambio, ser pobre en mi casa, sin música, es algo mucho peor.

Hoy mismo han entrevistado a Carla para la revista *Federation*, ha posado para las fotos y ha sacado músculo imitando a Popeye, como hace siempre. Nosotras estábamos detrás, sonrientes. Nadia le ha dado un beso y le ha dicho que tenía actitud de reina.

—¿Reina de los perros, quieres decir? —le ha preguntado Carla.

—Ya estoy harta de los perros —ha respondido Nadia.

—¿Y qué le pasa a tu moño?

—¿A mi moño?

—Está hecho un desastre. Sudado y sucio. Háztelo mejor.

De inmediato, Nadia se ha arreglado el pelo, que no estaba hecho ningún desastre, y se ha apretado el moño con más fuerza, en un intento por mejorar. Mientras tiraba, ha sacado el culo hacia fuera, como si al tirarse del pelo se le hubiera salido la pelvis.

—Claro, así está mucho mejor. Ahora estás guapa como solo tú puedes estarlo —le ha dicho Carla—. Por cierto, el fotógrafo era un perro asqueroso. He visto cómo me miraba. Estoy segura de que no podrá descargarse las fotos porque estará todo sudoroso y excitado, y porque Dios lo castigará por mirarme como un cerdo pedófilo. ¿Sabíais que, como somos más bajitas, a los pedófilos les parecemos más atractivas?

La hemos mirado todas, incapaces de añadir nada. Ha escogido este método para intentar ser valiente. Para intentar que no duela y convertirlo en un chiste. Pero sabemos que le duele de todos modos.

El minibús aparca frente al centro comercial, que es igual que los nuestros. Las mismas marcas, los mismos anuncios de comida, las mismas luces de neón. El mismo olor a patatas fritas y yogur helado de vainilla. Me siento como en casa y, al darme cuenta de ello, también me siento triste. Rachele nos dice que podemos separarnos como queramos, ir donde queramos, siempre que volvamos a reunirnos «justo dentro de una hora y media bajo esta gran M, ¿entendido?». No podemos evitar levantar la mirada hacia la gran M. ¿Nos recordará a todas la palabra *madre*? Dejo atrás a las demás, le envío un mensaje a mi madre diciéndole que el primer día de competición ha ido superbién y que ahora hemos salido a comer algo. Le escribo que aquí hace mucho frío, pero que me gusta, y que la quiero.

Ella me llama pasado un segundo y medio.

—Ratoncito, cariño, ¿cómo estás? —me pregunta nada más descolgar—. ¿No estás muy cansada? ¿Cómo te encuentras? ¿Tienes frío? No te resfríes. ¿Llevas puesto el gorro?

—Estoy bien. Pero me han dado un 13,10 —le digo.

No estoy de humor para hablar con ella. Solo le he escrito «Te quiero», cosa que jamás diría en voz alta. Y ahora no para de hacerme preguntas, obligándome a oír su voz y sus palabras confusas. Dejo que hable, pero temo impacientarme, como me sucede en casa. O, peor aún, temo que rompa a llorar por alguna razón minúscula, por algo que le diga o que no le diga. Entonces me sentiría culpable y volveríamos a la casilla de salida. Me daría miedo su tristeza, que también es mi tristeza. Sería consciente de mi culpa, lo que, de nuevo, alimentaría su tristeza. La tristeza de mi padre y de ella nos devorará entonces a todos, en especial a mí, aunque no paremos de decir que somos felices.

Es miércoles y ya tendrá el pelo grasiento.

—¿Con quién compartes habitación? ¿Cómo es la comida? ¿Hace frío en el hotel? —me pregunta, como si no pudiera dejar de interrogarme.

No sé a cuál responder, de modo que le digo:

—Está todo bien.

Y entonces pasa a darme instrucciones:

—Ten cuidado, no te canses demasiado, piensa en mí, no me eches mucho de menos, alégrate de estar lejos de nosotros.

—Nos veremos pronto —le aseguro.

Respiro hondo y aspiro en la medida de lo posible este aire que apesta a patatas fritas, pensando en la vez que les conté lo de Alex y ellos tampoco fueron capaces de salvarme. Supongo que no querían que se enfadara el club. Y supongo que las palabras de Rachele y de Alex fueron más convincentes que las mías. Puede que se creyeran de verdad lo del vídeo ese de mierda sobre los motivos médicos. O a lo mejor fueron demasiado débiles, igual que yo. Aun así, me alegro de que puedan usar mi cama cuando no estoy. Y de que, desde esa cama, mi madre pueda darme instrucciones para que no me canse demasiado cuando estoy de viaje.

—Vale. No me cansaré —le respondo—. Vale, me pondré el gorro.

Inspiro un poco más, con la esperanza de que una tormenta electromagnética entre nuestra casa y el distrito de Sibiu haga que se caiga la línea. Mientras voy contando los segundos que faltan para que se me agote la paciencia, veo que Nadia y Carla entran en una tienda de lencería. Me acerco un poco más y las espío a través del escaparate, mientras mi madre sigue hablando sobre la vida, diciendo que es feliz pero también infeliz, sobre mi padre, que sigue sin encontrar trabajo, aunque tenerlo en casa «también está bien». Luego pasa a quejarse del pelo que se encuentra en el suelo de la peluquería, pero, como de costumbre, añade que no debería quejarse porque, aun cuando no es que seamos muy afortunados, tampoco es que vayamos descalzos por la calle.

—Somos afortunados aun cuando somos desafortunados —le digo, repitiendo otra de sus frases favoritas.

—¡Bravo! Porque nos queremos.

—Tengo que colgar, mamá, esto es muy caro, ¿no? Hablar a larga distancia, digo.

—Vale. Ahora vamos a cenar *pizza*.

—Yo también, a lo mejor.

—Así podremos sentirnos más cerca —me dice.

Es la frase más triste de la historia. Se me va por completo el hambre, que por lo general es el hambre del mundo entero, así que es enorme. Se esfuma de inmediato la poca alegría que me producía la idea de estar en un centro comercial. Siento pena de mí misma. Siento pena por mis padres. Nadie en este mundo piensa en ellos, nadie los necesita. Reemplazables en cualquiera de sus trabajos, en todas las cosas que dicen o hacen, como seres humanos y como madre y padre. Débiles, solos. Sordos.

—Así que, cuando estés comiéndote tu *pizza*, ¡asegúrate de pensar en nosotros! —me dice, y percibo la sonrisa en su voz—. Piensa en nosotros aquí, en esta casita de ratoncitos.

Nadia retira la cortina del probador y, a través del escaparate, la veo vestida con un sujetador con fresas estampadas. No tiene tetas, así que las copas están vacías, como un bolsillo. Podría guardar cosas en ese espacio vacío. ¿Piedras? ¿Dinero? A lo mejor una pistola muy pequeña. Carla está de pie delante de ella, charlando y metiéndose algo en el bolso; probablemente esté robando unas bragas. Es algo azul y tampoco es raro verla robar. No es nada que no le haya visto hacer en tiendas y probadores a lo largo de los últimos siete años. Una vez robó de un gimnasio una lámpara del tamaño de una sandía.

—La tiré en un contenedor de basura —nos contó al día siguiente. Aquel día también acabó con una medalla de oro colgada del cuello.

Recuerdo una fiesta de cumpleaños en casa de Nadia, hace unos dos años, cuando se probaron los vestidos de su madre y salieron del dormitorio para que las demás las admirásemos, vestidas con sujetadores y bragas de encaje, collares, y la cara pintarrajeada con pintalabios rojo. Carla nos explicó que la madre de Nadia tenía muchos novios y Nadia se rio y comentó: «Ayer conocí a otro nuevo». En su momento lo dijo de una manera tan divertida que sentí envidia de lo libre y aventurera que parecía su madre.

—¿No te molesta? —le preguntó Anna.

—En absoluto. Quiero que sea feliz.

Me aparto del escaparate y del sujetador con fresas de Nadia. Veo a Benedetta y a Anna entrando en la farmacia, después en la tienda de maquillaje. Subo por todas las escaleras mecánicas que encuentro, cojo el ascensor hasta la octava planta y luego bajo a la cuarta, después a la tercera. Lo hago diez veces. Luego otras diez. No hago otra cosa que pensar en lo mal que lo he hecho hoy. Y en el golpe seco de la chica polaca al caer sobre la colchoneta.

No entro en ninguna tienda, ni en ninguna de las cafeterías. Dejo que pase el tiempo mientras me obligo a no fijarme en la ropa, ni en la comida, ni en la gente, ni en nada. Lo convierto en mi castigo y en mi apuesta. No comeré, no compraré, no hablaré. No deseará nada. Si resisto, eso también me hará más fuerte. Si resisto, mañana me irá genial en las pruebas clasificatorias individuales. Y llegaré a la final general del domingo. Si resisto, sobreviviré a todo este dolor y seré la pionera de mi futuro.

Tras pasar dos horas subiendo y bajando como la pionera de mi futuro, estoy agotada y vuelvo a reunirme con el equipo. Todas han comprado algo y llevan vasos de té con bolas de tapioca. Están de muy buen humor. O eso es lo que quieren aparentar.

—He comido una *pizza* —explico, aunque nadie me lo ha preguntado. Pero eso es lo que quiero aparentar.

En el camino de vuelta hacia el aparcamiento, oigo que Rachele nos está elogiando, a sus buenas chicas, y asegura estar muy orgullosa. También dice que somos preciosas. Por el contrario, nosotras no estamos orgullosas de Rachele y además no es preciosa, así que no decimos nada. Alex, que camina junto a ella, parece que va borracho. Tampoco estamos muy orgullosas de él.

—¿Todas contentas, chicas? —pregunta.

Me pregunto por qué sus preguntas tienen que ser tan asquerosas y tan absurdas. O, ya puestos, por qué tienen que existir. Es un tipo silencioso, así que podría ser fiel a eso y cerrar la boca de una puñetera vez. Un monstruo silencioso sería mucho menos nauseabundo que un monstruo que no para de decir sandeces en un aparcamiento rumano.

Recuerdo decirle que por favor parase. Recuerdo su cara cuando me dijo: «Dame solo un segundo más». Tampoco entonces cerró la boca. Quería un segundo más, y quería que le oyese respirar, y que fuese muy consciente de que el ritmo de su respiración había cambiado.

—¿Todas contentas? —repite.

—No mientras estés vivo —murmura Nadia.

Vuelvo a mirarla. Ella me sonríe y se encoge de hombros.

—Contentísimas —responde Carla con sarcasmo.

Se ríen y se dan la mano. Veo pudrirse las fresas del sujetador de Nadia. Huelen como el hombre que iba sentado a mi lado en el avión de camino aquí.

—¿Por qué no vamos luego a intentar averiguar cuál es la habitación de Karl? —susurra Nadia—. No puede ser tan difícil.

—Hecho. Iremos cuando todos los demás estén dormidos —responde Carla.

Me pregunto si debería contárselo a Rachele, proteger su cuerpo, que también es mi cuerpo. Proteger sus horas de sueño, que supongo que también son las mías. Miro a Carla y a Nadia, sus manos agarradas con fuerza, luego me giro y levanto la mirada hacia el cielo.

—Esta noche es nuestra noche —repite Carla.

Yo aspiro toda esta oscuridad y todo este frío. ¿Es esta nuestra noche? Me quedo mirando al vacío, a la luna, a los millones de copos de nieve, y sintiéndome hambrienta como un lobo. Ojalá me hubiera comido esa *pizza*. Camino más deprisa para no pensar en ello. Avanzo hacia el autobús e intento volver a quedarme a solas.

—No puedes pasarte la vida huyendo, Marti —me dice Nadia entre risas—. Al fin y al cabo, no hay adónde ir.

JUEVES

Oigo un grito amortiguado. Trato de sumergirme en el sueño, pero el ruido no cesa. Abro los ojos. Fuera, la luna es tan brillante que su luz se cuela en la habitación. Veo a Carla sujetándole la cara a Nadia contra el colchón, hundiéndole las manos en el cuello. Nadia intenta coger aire y casi consigue liberarse.

—Te voy a matar, zorra —gruñe Nadia—. Para ya.

—Eres tú la que tiene que parar —le responde Carla—. Si tú me haces daño, yo te hago daño.

—¿Parar de qué?

—Parar de desearlo.

Así que se trata de Karl. Cierro los ojos e intento desconectar. Dentro de nada estarán riéndose como si nada. En mi cabeza, digo mi nombre dos veces, me toco la punta de la nariz dos veces, aguanto la respiración y cuento hasta treinta. Hasta sesenta. Hasta cien. ¿Por qué me habrá impuesto Rachele la penitencia de compartir habitación con estas dos? Hago mis movimientos en silencio; tocar la sábana, la frente, después la sábana y la frente al mismo tiempo; dos veces, luego otras dos y otras dos. La repetición funciona y se me va calmando el corazón.

Justo cuando estoy quedándome dormida, oigo que Nadia vuelve a intentar tomar aire. Me incorporo. Tengo que recordarme a mí misma que existo y tengo que recordárselo a ellas también. Que lo oigo todo —todo, siempre— y contar no es suficiente porque eso no me permitirá desaparecer. Si tuviera ese poder, ya habría desaparecido, ¿no es así? Me habría librado de Alex. De Rachele. Y probablemente de mi vida entera. Pero el caso es que sigo aquí.

—¿Qué está pasando? —pregunto—. Nadia, ¿estás bien?

—Métete en tus putos asuntos —responde Carla—. ¿Cómo te atreves a dirigirnos la palabra?

Tengo el corazón a punto de explotar, me sudan las manos. Tengo la cabeza llena de cosas y palabras y ruidos, golpes secos y susurros que no deseo, ni necesito, ni comprendo.

—Sí, Martina —interviene Nadia—. Que te jodan. Vuelve a dormirte.

«No», pienso yo. No y no, dos veces. No y no, para siempre.

—Que os jodan a vosotras —me oigo decir—. Parad. Cerrad la boca.

Un silencio invade la habitación como un desfiladero, tan profundo, tan gigante, que podríamos caer en él. Incluso la luna parece menos brillante. A lo mejor mi rabia lo oscurece todo, en todas partes. A lo mejor mientras estoy en Rumanía, Rumanía se oscurece también.

—Que os jodan —repito, con más fuerza esta vez.

Supongo que es probable que vayan a matarme. Acabaré muerta y asunto resuelto. Moriré con mi estúpido pijama puesto y alguien encontrará mi cuerpo con su absurda melena roja, mientras que yo no habré logrado nada en la vida. No seré la dueña de un gimnasio pintado en tonos púrpura. Jamás habré estado en América, India o África. Nunca me despertaré bajo un monzón torrencial en Bangkok. Ni ejecutaré a la perfección un Yurchenko 2.5. Moriré con la misma inutilidad con la que he vivido, sin saber desenvolverme en la barra de equilibrio.

—La leche —susurra Carla.

—Increíble —agrega Nadia.

Me doy cuenta de que podría ocurrirme algo peor que la muerte. Las chicas podrían decidir romperme el brazo o la rodilla, y coserme la boca para evitar que hable. Por un momento recuerdo el día en que Carla y Nadia agarraron a Anna en mitad del vestuario y la metieron a empujones en las duchas comunales. Carla había acusado a Anna de criticarla delante del resto del equipo. Hay que reconocer que Anna había dicho que Carla era una abusona. Tenía razón y solo intentaba ser valiente, confesar. Carla, en efecto, es una abusona. Pero, en un equipo, no deberías confesar, deberías resistir, hacerte más fuerte, olvidar. Guardar silencio. Y aquel día también aprendimos esa lección.

—¿De verdad creías que no me enteraría? —le preguntó Carla—. ¿O que alguien iba a creerte a ti antes que a mí? Tienes que comportarte.

Yo miré la boca de Carla, pero oí en mi cabeza la voz de Alex. ¿Eran esas las mismas palabras que él había empleado con ella? Sí que se comportaba de manera acorde.

—Tienes que ser una buena chica —continuó Carla—. No puedes ir por ahí destruyéndonos al equipo y a mí.

Desnuda bajo el chorro de agua helada, Anna pidió perdón mientras Carla le metía champú en la boca, apretando el bote como si fuera salsa, garganta abajo.

Cuando le dije «Carla, para», lo hice en voz baja, porque me daba miedo.

De un modo u otro, ella no se inmutó y siguió llenándole a Anna el pelo de champú, frotándoselo con fuerza, con el agua helada, y diciéndole lo asqueroso que tenía el pelo y preguntándole cómo es que no le daba vergüenza ir por ahí teniéndolo tan mugriento, con una cara tan bochornosa y un alma tan desleal. Pero entonces su voz sufrió un cambio y su rabia me pareció feroz y adorable a un tiempo. Era la voz más dulce que había oído jamás.

—Voy a encargarme de ello y así estarás presentable, ¿vale?

—Vale —respondió Anna—. Gracias por tu ayuda.

—Es mi deber. Además de un placer.

Lloré por no haber podido detener a Carla. Lloré porque Anna agradeciese su castigo. Y porque Nadia no demostrara incomodidad alguna siendo testigo del dolor y del miedo de Anna.

—Siento mucho que tu madre no te quiera porque eres fea —le dijo Carla—. Y siento mucho que prefiera a sus caniches antes que a ti porque tienen el pelo mucho más suave que tú. No es culpa tuya, ¿vale?

—Sí —repuso Anna—. Tienes razón.

—También te ayudaré con esa ausencia de amor —le dijo Carla, con voz aún más amable—. Te quiero. Todas te queremos. Si lo deseas, mataré a sus perros por ti.

—Gracias, pero no —respondió Anna—. Pueden vivir.

—Bueno, si cambias de opinión, házmelo saber —zanjó Carla, que era todo amabilidad y ternura.

Le dio la mano a Anna y la llevó de vuelta al vestuario, donde le secó el cuerpo y el pelo como si fuera una madre protectora, una amiga preocupada, una compañera de equipo servicial. Se abrazaron.

Aquel día regresé a casa y de nuevo pregunté si podía dejar el equipo y entrenar con otro entrenador y en otro club. Pero mis padres, cansados y débiles, repitieron su mantra de los cansados y los débiles, y dijeron que era demasiado complicado, absurdo e inesperado, y me preguntaron si sería un problema tan grave que me quedara donde estaba. Su expresión era la de aquellos que no saben nada. No soportaba mirarlos. Dije que no con la cabeza y me subí la cremallera del chándal dos veces.

No era un problema tan grave.

Hoy, en Rumanía, supongo que vuelvo a decir que no con la cabeza. Y, de nuevo, me hago la coleta dos veces.

—Que os jodan —repito, con más fuerza esta vez—. ¡Que os jodan!

Rumanía se queda de piedra, los lobos miran todos hacia este lado del bosque, asombrados por mi valentía. El mundo entero mira hacia este lado del bosque, asombrado por mi valentía. Desde su cama doble, las chicas también se quedan mirándome. Y, transcurrido el silencio más largo y vacío de la historia, oigo que se ríen. Se carcajean, como si acabara de contarles un chiste graciosísimo. Con el sonido de sus carcajadas, Rumanía vuelve a respirar y a moverse, y los lobos siguen con sus vidas, tratando de saciar su hambre, en manada. Comiendo otros animales. Intentando que otros no se los coman a ellos.

—Bien hecho, Martina —me dice Carla—. Impresionante. Más te valdría emplear esa energía en el potro.

—Sí —concuerda Nadia—. Utilízala para el Tsukahara. Nos gustas, guerrera.

—Pero ahora —agrega Carla con voz cortante—, vuelve a dormirte y déjanos en paz de una puta vez.

Vuelvo a tumbarme sintiéndome orgullosa. Pero también triste por estar orgullosa de un «que os jodan». Trato de calmar mis latidos y librarme de la adrenalina que me atenaza los músculos. Es tóxico: la habitación, Carla, Nadia, la necesidad de escupir veneno para poder salvarme. Cuento durante cinco, seis minutos, segundo a segundo, y cada vez respiro mejor, mi respiración me aleja de aquí, me lleva a millones de años luz de distancia. Sigo oyendo a Carla y a Nadia susurrar, sigo oyendo el roce de la colcha, entonces las oigo besarse. En mi confusión, imagino sus lenguas larguísimas y sus cuerpos aniñados desnudos bajo la nieve. Me acurruco en ese beso. Y así, acurrucada, me duermo.

Cuando vuelvo a abrir los ojos, aún es de noche y su cama está vacía. Me levanto y palpo su colcha para ver si no siguen ahí debajo. Miro en el cuarto de baño, en el armario. En la cabeza oigo la voz de Rachele pidiéndome ayuda. Entonces oigo mi propia voz pidiéndole ayuda a ella. Un cuerpo, un corazón.

Me pongo el chándal y el plumas, abro la puerta y me asomo al pasillo. Está vacío, y en ese pasillo vacío veo implosionar mi futuro. Incluso este segundo que paso aquí fuera, y la interrupción del sueño, pone en riesgo mi rendimiento. Mi concentración para la prueba individual se irá a la mierda, mi futuro en un equipo nacional se irá a la mierda también. Llevo años trabajando para estar aquí y no estoy durmiendo todo lo que necesito, y además no estoy pensando en las cosas en las que tendría que estar pensando. Estoy caminando por un hotel en mitad de la noche, en lo alto de una montaña, por culpa de un par de imbéciles mezquinas y egoístas. No paro de repetirme que lo hago por Rachele, por el equipo. Por mí misma. Que es mi deber cuidar de Carla y de Nadia para que podamos todas emprender el camino a la gloria. Para que podamos todas estar a salvo.

Salgo al pasillo. Está tan silencioso que alcanzo a oír el zumbido del ascensor. Mientras bajo por las escaleras de servicio, me invade el miedo al pensar en encontrarme con Rachele y alguno de sus amantes. A lo mejor Carla lleva razón y Rachele dedica las noches a asuntos pornográficos. No veo a nadie y, cuando llego a recepción, abro la puerta que da al bosque. ¿Habrán salido ahí fuera? ¿Será una de las apuestas de Carla? Fuera está oscuro y hace muchísimo frío, como mínimo menos un millón de grados. Veo sus pisadas en la nieve. Hundo mis pies en ellas, uno detrás del otro, y siento que tengo el corazón a punto de explotar.

Oigo un aullido y rezo para que sea el viento y no un lobo.

—Sé que dije que quería vivir con vosotros, chicos —digo en dirección al bosque—, pero quizá esta noche no.

El puente que lleva al gimnasio parece mucho más lejano que esta mañana. Empiezo a correr, pero no paro de hundirme en la nieve y noto que se me van congelando las manos, la cara y los dedos de los pies. Desde aquí, el centro deportivo parece un pueblo de ciencia ficción donde las reglas de la vida son diferentes, más duras. Y secretas. Sigo caminando y me veo a mí misma cayéndome del potro mañana por la mañana, luego resbalando sobre la barra porque me he hecho daño en las manos con el frío y con mis malas decisiones. Nunca me había sentido tan lejos de las Olimpiadas como esta noche. Me veo a mí misma muerta junto a las barras asimétricas. Y luego muerta en esta oscuridad.

Corro más y sé que debería darme la vuelta y regresar al hotel, meterme bajo la colcha. En su lugar, continúo corriendo hasta que llego al centro deportivo y me cuelo por la puerta abierta, donde el calor me recibe y el techo parece protegerme. Oigo sonidos lejanos procedentes de dentro de la pista. Me acerco de puntillas, tratando de respirar sin hacer ruido, como una espía. Empujo una puerta y acerco medio ojo y media nariz a la diminuta rendija. Pero ahí dentro está todo apagado, las barras asimétricas están vacías y las anillas cuelgan inertes. Por un momento me planteo entrar y practicar mi rutina, el pino, los agarres. Podría repasar todos los movimientos cantando o gritando, sin que nadie me mirase, sin juicios, sin puntuaciones. Recordar mi sueño. La razón por la que estoy aquí.

Oigo un ruido y giro la cabeza en esa dirección. Veo que Nadia y Carla están en el rincón más alejado, tumbadas en la barra de equilibrios, una encima de la otra. Parece como si no existiera allí la gravedad, como si no pesaran nada y fueran libres. Sí que son un solo cuerpo, y ese cuerpo parece fuerte e indestructible. Entonces distingo a Karl.

Los tres se ríen cuando le veo acercarse a la colchoneta. Empieza a dar una voltereta, imitando primero la rutina de suelo de Nadia, antes de pasar a ejecutar la de Carla. No puedo creerme su precisión; se sabe sus coreografías casi de memoria. Nadia se ríe y aplaude la técnica casi perfecta de Karl, pero entonces se detiene cuando Carla se aparta de ella y se sube a la colchoneta. Allí adopta la posición del pino puente y se sube encima de Karl. Él le toca los brazos, los hombros. Ambas chicas se cuelgan de las barras asimétricas, una al lado de la otra, con sus muslos rozándose. Karl se levanta del suelo y se acerca a ellas. Carla y Nadia cierran los ojos mientras él les acaricia las piernas y va subiendo con las manos hasta los maillots. Primero lo hace con las manos, después con la boca. Carla está haciendo todo lo posible por convertirse en el centro de atención. Se humedece los labios con la lengua. Llama a Karl cada vez que este se acerca a Nadia. Lo besa. Después besa a Nadia. Yo aprieto los muslos con fuerza para intentar sentir lo que están sintiendo ellas. Nadia echa la cabeza hacia atrás y abre la boca. Me parece oírle decir «ah» en una exhalación, de modo que trato de hacer lo mismo.

—Ah —susurro.

Cuando vuelve a levantar la cabeza, me doy cuenta de que está mirándome. No dice nada, la expresión de su rostro apenas se altera, pero yo me asusto y salgo huyendo. Fuera está aún más oscuro que antes, hace más frío, como mínimo habrá menos diez millones de grados, y la distancia entre el gimnasio y el hotel me parece diez millones de veces más larga, y mis piernas diez millones de veces más cortas.

—No puedes pasarte la vida huyendo, Martina —me digo a mí misma mientras corro por la nieve. Me caigo y corro más.

De vuelta en el hotel, corro directa hacia el ascensor. Me escuecen las mejillas y me noto febril. Subo hasta la quinta planta y, de pie frente a la habitación de Rachele, dispuesta a llamar a la puerta, no sé qué hacer. O qué decir. Pego la oreja a la hoja de la puerta y trato de distinguir algún sonido procedente del interior. Pero no oigo nada. Llamo con tanta suavidad que nadie responde. He hecho lo que me han pedido y no me han oído. Es la historia de mi vida, supongo. Es también la historia de su vida, supongo. Y, como parece que, a decir verdad, sí que puedo pasarme la vida huyendo, vuelvo a huir una vez más.

Regreso a mi habitación, me quito la ropa, me meto debajo de la colcha y me quedo ahí tumbada, temblando, contando cuántos segundos puedo pasar sin respirar y cuántos segundos me tardarán los pies en volver a entrar en calor. Trato de pensar en otra cosa, cualquier cosa salvo los cuerpos de Nadia y Carla, las manos de Karl, los lobos que invaden mi cerebro. ¿Es esto lo que le sucede a Nadia en el cerebro cuando ve cosas? Para distraerme, intento visualizar la disposición de todas las clases en las que he estado: la guardería, el colegio de primaria y la secundaria. Coloco a cada uno de mis compañeros de clase en su respectivo pupitre, cada aula en su respectiva planta, en su respectivo edificio y calle. Intento ubicarme yo misma en esas clases. En el mundo y en esta historia.

Trato incluso de sonreír para una foto que nadie me está haciendo.

Poco tiempo después, o quizá mucho tiempo después, Nadia regresa. Me despierto de golpe porque cierra dando un portazo. Está llorando, tratando de tomar aire, y se va directa a la ventana. Cuando la abre, el aire gélido invade la habitación y yo creo que jamás volveré a entrar en calor, hasta que abandone este país. O quizá esta vida. Entonces me fijo en que Nadia está desnuda.

—¿No tienes frío? —le pregunto.

No me responde, pero cierra la ventana. Se mete en su cama, aún sin dejar de llorar, temblorosa. ¿La habrá violado Karl? ¿La habrán violado Carla y Karl, uno detrás de otro? ¿Por qué estoy pensando en violaciones? En la tele se ven muchas historias sobre violaciones y a lo mejor eso es lo que le ha pasado a ella. O a lo mejor es que estoy obsesionada y soy incapaz de sacarme de la cabeza palabras como *violación* e ideas sobre Alex.

Me froto los pies uno contra el otro, dos veces. Parpadeo dos veces, luego dos veces más.

—¿Carla sigue en el gimnasio? —pregunto.

Sigo dándole vueltas a qué palabras utilizaré mañana para hablar con Rachele, pero entonces entra Carla. Miro la hora. Son las cinco y media.

—Gracias por dejarme sola —dice—. ¿A qué coño ha venido eso?

Nadia no se mueve. Yo me quedo quieta también, fingiendo que estoy dormida.

—Te estoy hablando —continúa Carla mientras se desnuda.

Pero Nadia no responde y Carla parece quedarse dormida en cuanto su cabeza toca la almohada.

A las siete y media de la mañana, mientras nos ponemos los maillots y nos hacemos las coletas y los moños, Nadia sigue sin hablarle. ¿Se habrán peleado en el gimnasio? ¿Habrá sido culpa de Karl? Estas ideas me están robando la concentración el día de las pruebas clasificatorias individuales. No puedo permitirme esta distracción. Me pongo los auriculares y subo el volumen de la música todo lo posible.

Tomamos nuestro minidesayuno, escupimos la comida que, en secreto, tenemos que escupir y nos tomamos las pastillas que, en secreto, tenemos que tomar, luego nos vamos al gimnasio. Durante el calentamiento, Nadia se sienta a mi lado, sin mediar palabra. Sus movimientos son tan silenciosos que es como si flotara, suspendida medio centímetro sobre el suelo, sobre la silla y sobre todas nosotras. Estiramos y, juntas, hacemos los abdominales. Después, con la boca cerrada, pasamos a las sentadillas y los *burpees*. Quizá a partir de hoy seamos ambas las gimnastas mudas y nos convirtamos en un nuevo dúo.

Carla se sienta sola, con rostro somnoliento y manchas rojizas en las mejillas. Rachele no para de preguntarle si se encuentra bien. Si se nota febril. Si tiene alguna dolencia.

—¿Has comido algo que te haya sentado mal, Carla? —le pregunta.

—Estoy bien, gracias. ¿Y usted, entrenadora? ¿Cómo se encuentra?

—Estoy bien —responde Rachele, visiblemente molesta y preocupada.

—Parece que ha engordado un poco, ¿sabe usted? No pretendo ser maleducada. Pero últimamente parece que tiene el culo mucho más grande.

Rachele se sube el chándal como si de pronto acabara de acordarse de que tiene culo. Me gustaría poder decirle que yo también soy consciente de mi celulitis desde que Carla dijo la palabra *celulitis* y que Nadia lleva ya tres días viendo imágenes de Angelika torturada y asesinada de todas las formas imaginables solo porque Carla dijo la palabra *tortura*. Así que, según parece, resulta que sí somos un solo cuerpo y un solo corazón, pero hemos de recordar siempre que también somos una única mente. Y además Rachele aún tiene buena figura, muy femenina, y la verdad es que el chándal le sienta bien. A lo mejor podría dejar de cenar pasta, durante un mes o así.

—Benedetta —dice Carla—. Ayúdame a estirar.

Benedetta se sonroja al sentarse sobre la espalda de Carla. Hasta ahora solo se le permitía a Nadia sentarse en su espalda. Percibo que esto asusta a Rachele más que cualquier otra cosa que haya visto hasta ahora. Fingimos que a las demás no nos aterroriza también. Nos quitamos el chándal y estamos a punto de iniciar las pruebas clasificatorias individuales cuando Carla se acerca a Nadia. Yo me quedo mirando al frente, tratando de ser invisible, como si no tuviera oídos.

—¿Por qué saliste huyendo anoche? —le pregunta a Nadia—. ¿A ti qué coño te pasa?

Nadia no la mira y tampoco responde.

—¿Eres estúpida? ¿A qué viene ese silencio y esa actitud? —pregunta Carla—. Estuvimos buscándote por todas partes.

No obtiene respuesta alguna por parte de Nadia, de modo que empieza con lo de «Rojo, rojo, azul, amarillo / Coca-Cola Fanta membrillo / dientes rectos, pies rectos / tú por mí, yo por ti / cucu amarillo, Fanta membrillo / yo te cuido y tú me cuidas».

Pero sigue sin ocurrir nada.

Lo intenta dos, tres veces más, con la esperanza de que Nadia la acompañe. Entonces la mira, desafiándola con un gesto de odio. Las demás estamos como hechizadas. Rachele se tapa la boca con la mano, como si acabara de suceder algo realmente trágico. Como si una de nosotras se hubiera caído de las barras y tuvieran que llevársela en camilla. O como si un fisioterapeuta llevase metiéndonos los dedos en la vagina desde que teníamos diez, once, doce, trece años, y que eso se considere algo normal.

Nadia no aparta la mirada.

—Para mí estás muerta —le dice Carla. Y se aleja.

En una ocasión, cuando tenían once años, Nadia se negó a llevar falda a una fiesta de la Federación de gimnastas. Carla quería que se pusiera una igual que la suya y le dijo que era una cuestión de principios porque tenía unas piernas bonitas, aunque fueran «un poco cortas».

—No quiero llevar falda —le respondió Nadia—. Parece que estás obsesionada con que la lleve.

—Pues ven con el chándal —le dijo Carla—. Te quedará genial.

—No quiero ir con el chándal. Quiero llevar pantalones de vestir.

Nadia ganó aquella batalla; se pasaron más o menos medio día sin hablarse, pero al final se reconciliaron con su mantra y algunas de sus chorradas habituales. En otra ocasión discutieron porque Carla le había dado a Nadia un empujón para despertarla durante uno de sus trances. Nadia había reaccionado de mala manera cuando Carla la llamó «demente» y «pringada», pero eso fue todo. Solo recuerdo tonterías como esas, que enseguida quedaban olvidadas. Y era Carla la que siempre decía o hacía algo absurdo para hacer reír a Nadia. Rachele se reía y las demás nos reíamos también. Carla era nuestro Popeye. Era fuerte, tenía grandes bíceps y siempre ganaba.

Pero lo de hoy es diferente. Hoy Nadia no dice «rojo, rojo, azul, amarillo», y es un asunto tan serio que casi me dan ganas de recitar a mí la rima en su lugar. ¿Cómo puede Nadia dejar a Carla en este estado? ¿Cómo puede hacérnoslo a nosotras, al equipo? ¡Después de todas sus teorías sobre estadísticas y supersticiones! No soportamos esa rima, no soportamos el maldito cucu amarillo, pero recitar su mantra ahora, durante este campeonato, durante cualquier campeonato, es algo obligatorio.

Carla se traga la humillación y flexiona la espalda un par de veces. Se acerca a las barras, toma aire, sonríe y salta para agarrar la barra inferior. Nadia sigue mirándose los pies, con el labio tembloroso y la respiración acelerada. Solo ladea la cabeza una vez, para mirar a Karl, que ha entrado en la pista, de modo que no ve que, al hacer el Bardwaj, a Carla se le resbala la mano de la barra. Y se cae. Nadia tampoco ve que Carla se levanta, se toca la rodilla izquierda y se queda mirando a Rachele largo rato, como para indicar que algo ocurre. Yo percibo el dolor de la rodilla izquierda de Carla y aprieto los dientes.

—Arriba —murmura Rachele.

—Arriba —murmuramos todas.

Y Carla salta de nuevo hacia arriba y Rachele ve cómo su mejor atleta vacila durante su rutina en las barras y luego otra vez en la barra de equilibrios. Hoy, sus movimientos y sus puntuaciones están dentro de la media, su ritmo y su elegancia son la sombra de la chica que vieron todos ayer. Hoy, no es el ángel de Dios. Angelika la supera en todo. Las chicas chinas y Nadia también la superan. Hasta yo, por increíble que parezca, lo hago mejor que ella tanto en la barra de equilibrios como en la rutina de suelo.

Rachele se dirige hacia mí. Ella también debe de estar pensando en el cucu amarillo y en que, después de años de trabajo, se va a ir todo al a mierda. Yo me subo y me bajo la cremallera, y tengo que hacerlo diez veces hasta poder volver a respirar con normalidad, mientras los demás entrenadores nos miran fijamente y se regodean. O eso es lo que me parece a mí. Rachele va arrastrando su enorme culo. Probablemente ya pese alrededor de cien mil kilos. Quizá no le baste con prescindir de la pasta en la cena. O quizá podría aceptar este nuevo cuerpo, comer más y más pasta y más de todo, siempre, convertirse en una mujer titánica, fuerte y poderosa. Si fuera tan grande como la estratosfera, por poner un ejemplo, podría gritar más, aplastarnos mejor, darnos más miedo. Sería todo mucho más directo. Sería sincero. Reconoceríamos mejor al monstruo. Y tendríamos más claro a quién debemos matar.

Tras un ejercicio de potro bastante mediocre, vemos esfumarse el éxito de Carla en la final general del domingo.

—Martina, ¿qué está pasando? —me pregunta el monstruo.

—No lo sé, Rachele —le respondo, con el corazón desbocado y las piernas inquietas.

—¿Qué sucedió anoche?

—Estuve durmiendo.

Miro a Nadia y después a Carla. Repaso el discurso que he preparado para nuestra entrenadora —sobre su desaparición, Karl, la pelea, el dolor de Nadia— y decido olvidarme de ello. No fui yo la que pidió compartir habitación con ellas. No me corresponde a mí resolver su situación. Yo he hecho un buen ejercicio en la barra de equilibrio, me han dado un 14,20. No puedo quejarme. Ella no puede quejarse. La verdad es que me entran ganas de decirle también a Rachele que le jodan. ¿Y si esa resultase ser mi palabra mágica para todas las situaciones de la vida?

—Martina, tenemos que llegar a las Olimpiadas, ¿verdad?

—Verdad.

—Y también sabemos que Carla tiene que subirse al podio de la final general. Y Nadia debe quedar además entre las diez primeras.

—No sé qué decir, entrenadora.

Veo evaporarse la última pizca de amor que Rachele siente por mí. Para que me resulte más fácil odiarla también, me imagino sus muslos llenos de celulitis, agujeros de grasa, como dijo Carla. Me la imagino envejeciendo, cada vez más débil, mirándome con esa sonrisa falsa que tiene. Añado un pitillo maloliente a su cara decrépita, a sus labios sin vida. En mis pensamientos, tiene ochenta años, o puede que mil.

—Yo me encargo, Marti —me dijo entonces—. Tú no se lo digas a nadie más. Por el bien del club, ¿vale?

Y yo aguardé. Esperanzada.

—A mí me dijo que no se lo dijera a nadie más, por el bien del club —me contó Nadia.

De modo que las dos aguardamos. Esperanzadas. Al fin y al cabo, era por el bien del club.

Me acerco a Nadia. Está llorando pese a haber realizado una rutina de suelo más que decente. Queda en cuarto lugar. Carla se sitúa por detrás de ella.

—¿Quieres un poco de agua? —le pregunto.

Me dice que sí con la cabeza, así que le entrego mi botella. Sigue llorando, así que yo sigo preocupada.

Nunca me preocupo cuando soy yo la que llora. Sé que, incluso aunque esté llorando, puedo gestionarlo. Ser la pionera de mi dolor. Pero, cuando veo llorar a otras personas, creo que deben de estar desesperadísimas y que son tan infelices que podrían llegar a suicidarse. Por ejemplo, cuando mi madre llora, me da tanto miedo que podría desmayarme. En una ocasión, cuando estábamos limpiando en una agencia publicitaria a las cinco de la mañana, la vi llorar mientras quitaba el polvo y fue la hora más infeliz de toda mi vida. Fuera hacía un frío que pelaba y las calles estaban desiertas. Me había subido encima de un escritorio y estaba viendo los semáforos parpadear en ámbar. En lo que a noches tristes se refiere, las habíamos tenido mucho peores. Habíamos limpiado en casas de gente vieja. Y en hospitales. Pero, en aquella oficina, verla llorar hizo que fuese la hora más triste de la noche más triste de la historia. Miré entonces la calle a mis pies y la ciudad, que hacía lo posible por apagarse. Lo hice para no avergonzar a mi madre, y traté de distraerme pensando en las casas donde dormía la gente mientras nosotras trabajábamos, buscando la manera de hacerla feliz, incluso allí, con el limpiacristales en una mano y la bayeta en la otra. Busqué una manera de salvarnos. Pero ella lloraba con tanta fuerza que, al final, sí que la miré y me explicó que no estaba triste, que solo estaba cansada. Fue como si tuviera que justificarse ante mí. De no haber estado yo allí, de haber sido invisible, podría haber llorado sin sentirse avergonzada o culpable.

—¿Por qué no puedo dormir en casa y quedarme con papá? —me oí preguntarle. Quería mostrarme cariñosa, pero se me notó la amargura.

—Papá empieza su turno a las cuatro de la mañana.

—Te odio —le dije—. Os odio a los dos.

Pero no era cierto. Podría haberle dicho «te quiero», no sé por qué le dije «te odio». En el autobús de regreso a casa, se quedó dormida con la frente apoyada en la ventanilla.

—No es verdad que te odie —le dije.

—Lo sé —murmuró. Tenía la boca seca y la piel grisácea.

Me acurruqué bajo su axila y me quedé dormida, pensando en la manera de salvarla a ella y después a mí. A día de hoy, el mío sigue siendo el mismo plan difuso que incluye gimnasia y purpurina en los párpados; a veces también en el pelo.

Nadia y yo vemos que Carla está hablando con Rachele, tiene la cabeza agachada.

Incluso cuando está llorando, Nadia es más guapa que yo, sin lugar a dudas. Me quedo mirando sus labios. Y sus lágrimas, que hacen que tenga las mejillas más rosas. Vemos que Alex se aproxima a Carla y a Rachele. Parece verdaderamente preocupado. He de admitir que puede que esté enamorado de este deporte. Y seguro que él también tiene un plan difuso para el futuro, igual que lo tengo yo. El vídeo casero de un quiropráctico trabajándole la espalda a una chica en Nevada sin duda debe de formar parte de su plan.

—¿De qué se trata? —le pregunta a Carla—. ¿La rodilla?

Ella dice que sí con la cabeza y se sienta en el suelo para dejar que le trabaje la pierna y le rocíe hielo seco.

—¿Mejor? —pregunta.

—Peor —responde ella—. Me la has tocado.

Cuando se reúne con nosotras, Carla se sienta junto a Anna. Benedetta le hace sitio y, de inmediato, en el banco se crea un sitio destinado a ella.

—¿Te ha violado Karl? —le pregunto a Nadia.

Ella se queda mirándome durante unos segundos, asqueada, con la frente perlada de sudor.

—¿Estás triste porque Carla quiere robarte a Karl?

Ahora me mira con odio, pero probablemente enseguida se aburre, así que se levanta y va a sentarse más allá. Llena de su odio y de mi propio odio hacia mí misma, me acerco al potro y clavo dos saltos perfectos. Mientras vuelo y giro, pienso: «Que te jodan, Carla. Que te jodan, Nadia. Que os jodan, Alex y Rachele». Lo pienso con una convicción plena y, cuanto más lo pienso, más limpios se vuelven mis movimientos. Hago una rondada en el trampolín, me preparo y hago el primer vuelo. Clavo un Yurchenko y medio. Aterrizo. Saludo. Les digo mentalmente a todos que les jodan una vez más y, de pronto, me veo entre las diez primeras clasificadas de la final general. Me atrevo incluso a verme en las Olimpiadas.

Sonrío, mientras fuera empieza a nevar de nuevo, y en ese preciso instante decido que «que te jodan» será mi mantra favorito por los tiempos de los tiempos. Cuanto más miro la nieve, más convencida estoy de que tengo que viajar a países del norte como Finlandia, Suecia y Noruega. E Islandia: donde no hay árboles sino volcanes, tan poderosos que pueden evitar que despeguen los aviones, y agua caliente que sale en géiseres y también lagunas naturales de un azul lechoso. Iré allí cuando aprenda a conducir y, como Ricitos de Oro, las probaré todas y escogeré cuál es perfecta para mí. Me construiré una cabaña de madera junto a ella. Tendré una chimenea en el dormitorio. Todos los lobos de Islandia serán también amigos míos.

Me pongo los auriculares, me tumbo en el banco y veo a las preciosas chicas rumanas con sus preciosos maillots haciendo rutinas que son más bonitas que las nuestras. Veo que Angelika es un millón de veces mejor que Carla. Y que cualquier otra. Miro con disimulo a Karl, con su pelo engominado, que mira hacia Carla mientras pasa revista también a una gimnasta polaca con unas tetas de un tamaño bastante decente. Veo que Benedetta la pifia en todos sus movimientos.

—Qué mal —comenta.

Y nadie se atreve a contradecirla.

Nadia sigue llorando y Carla está trenzándole el pelo a Anna. Me revienta que Anna parezca tan agradecida, con esas mejillas rosas ardientes y brillantes de felicidad. Me dan ganas de acercarme y recordarle todas esas veces que Carla le ha pegado o la ha humillado. La vez que le dijo que su padre siempre estaba fuera porque su madre era una perra.

—De tal palo tal astilla —le dijo.

Pero me bajo la cremallera del chándal y me la vuelvo a subir para evitar aguar la fiesta. Aunque sé que, más tarde, Carla se lavará las manos para desprenderse del tacto del cabello de Anna.

«Era como tocar un vómito», dirá. O a lo mejor «como tocar caca». O mierda. O saliva.

Concluimos nuestra participación con las rutinas de suelo. Ejecutamos todas unos ejercicios limpios y precisos, pese a que Carla no resulta nada inspiradora y nosotras estamos todas desalentadas. Rezamos para que las demás chicas —en especial las rumanas, las chinas y las rusas— lo hagan mal, solo para quedar nosotras mejor. Y rezamos con tanta fuerza que, salvo por Benedetta, todas nos clasificamos para la final individual general. En el caso de las otras la cosa estaba cantada, pero en mi caso es una gran victoria. Podré competir entre las mejores gimnastas de este campeonato. Y, pese al dolor que me provoca la oscuridad de hoy, tengo el corazón a punto de explotar. De pronto me siento tan feliz que me dan ganas de gritar. La idea de que Nadia y Carla estén más débiles de lo normal, gracias al hecho de que están enfadadas y distraídas, de pronto también me parece atractiva.

Esa noche, en nuestra habitación, Nadia separa su cama de la de Carla y me ruega que me la cambie con ella. Carla sigue en su sesión de fisioterapia con Alex, después pasará por la habitación de Rachele para el baño de hielo.

—Quiero estar cerca de la ventana —explica Nadia.

—Pero ¿y si Carla se enfada?

—Cállate, ¿vale? Me da igual lo que ella quiera.

Cambiamos entonces las sábanas de las camas. Me tumbo y me quedo quieta, como si estuviera muerta, tan invisible como me resulta posible. Me callo. Soy un cadáver. Una piedra. Cuando regresa

Carla, está gélida como el hielo y muy callada. A lo mejor el baño de hielo también le ha helado el corazón. Puede que logremos pasar la noche todas calladas.

Me paso la noche con una de ellas a cada lado. Nadia ve vídeos en YouTube con los auriculares puestos. Carla está inquieta. Se pone maquillaje. Después se lo quita. Luego se lo vuelve a poner. Yo saco mi libro de texto de Historia y leo algo sobre la Edad de Hierro, la Edad de Oro y lo que sea que viene después. Nunca recordaré nada de eso y los profesores nunca me preguntarán realmente por ello. Los colegios a los que vamos son tan laxos que asistimos solo porque lo dicta la ley. Tenemos que entrenar, ese es nuestro deber, y los profesores lo saben. En realidad, les da igual que yo sepa algo o no. Leo solo para mantener los ojos en movimiento, la cabeza ocupada, el alma en otra parte.

Carla se depila las piernas con cera, después se aplica una mascarilla facial.

—Esta noche voy a salir, necesito pasármelo bien —comenta—. Cuando está cubierto de nieve, el pueblo parece París.

Se arranca una tira de cera del borde de la ingle. Después otra en el otro lado. No puede salir. Y no puede pasárselo bien.

—Por favor, no lo hagas —le pido—. Tienes que descansar.

—¿Quieres que te enseñe a hacerte la cera? —me pregunta.

Siempre me he depilado con cuchilla, en la ducha, porque así es como me enseñó mi madre. Además, siempre me dice que es más barato. Una vez también me dijo una cosa horrible: que la cera te deja la piel flácida en la zona del bikini. Pero la madre de Carla es esteticista, así que debe de saberlo y la cera tiene que ser mejor. No confío en mi madre: siempre dice que somos felices y después llora. ¿Por qué iba a ser de fiar en lo referente a las ingles? Gracias al salón de belleza, a veces después de ducharse, Carla se extiende barro por el cuerpo para prevenir la celulitis, y se envuelve con film. Huele a romero y barro. Son cosas que ha mangado su madre, como las horquillas que llevan Nadia y ella en el pelo, las bragas de papel y el esmalte de uñas de todos los colores que lleva en la bolsa de maquillaje. Me pregunto si la madre de Carla, que tan religiosa es, hará penitencia por ser una ladrona. Me imagino las palabras que emplea por las noches para hablar con Dios, sobre el barro anticelulítico y su deseo de tener esmalte de uñas de todos los colores.

—Karl me va a enseñar la zona —me está diciendo Carla.

Yo trato de no añadir nada más. Sé que tengo que dejar de mirar a Carla y a Nadia como si fueran personajes de una película, un misterio que resolver, la gramática de un idioma extranjero que con el tiempo aprenderé. Me concentro en el papel pintado de la pared, en el libro de Historia y en todas sus páginas y etapas. Paso de la cuarenta y dos a la cuarenta y tres. Luego a la cuarenta y cuatro.

—¿Me estás escuchando, Martina? —me dice Carla—. Mírame.

La miro. Se ha colocado la pierna por detrás de la oreja y está arrancándose pelo de una zona situada en la parte trasera de los muslos. Ni siquiera sabía que tuviésemos folículos ahí.

—No puedes irte —le repito—. Mañana es la final. Las rumanas nos llevan ventaja. También las chinas. Necesitamos que estés al cien por cien. Angelika ha estado perfecta hoy y tú no.

—Voy a destruir a esa zorra —me dice—. Añadiré un Khorkina y un Kim, no te preocupes.

—No has practicado el Kim lo suficiente. No lo hagas.

—Cállate.

—Nadia se fijó en Karl antes que tú —le suelto de pronto.

Carla estalla en carcajadas. Pero sus ojos no se ríen. Nadia sigue con los auriculares puestos y me pregunto si de verdad será ajena a lo que estamos hablando. Jamás la había visto tan pequeña.

—¿En casa tenéis sillas, carne y una tele? —me pregunta Carla—. ¿O no podéis permitiros esas cosas?

—No podemos permitírnoslas. ¿Y qué? A Nadia le gustaba Karl antes —le repito—. Además, es evidente que no se encuentra bien.

—A mí también me gusta y además hay cosas que no sabes. Y no las sabes porque ¿quién iba a contarte a ti algo?

—Tú. Tú estás hablando conmigo. Ahora mismo.

—Qué rara suena tu voz —me dice Carla—. Y, como vuelvas a decirme que me jodan, te mato.

Abandona la habitación toda emperifollada con su sombra de ojos azul y su esmalte de uñas rosa. Nadia aplasta la cara contra la almohada. Me acerco a la ventana y desde allí veo a Carla cruzar el patio cubierto de nieve. No creo que sea tan cruel como a ella le gustaría hacerme creer. Tampoco creo que sea amable, pero, mientras la veo caminar dando tumbos y frotarse los ojos, siento pena por ella. Bajo la nieve, junto al bosque, veo a Angelika haciendo su entrenamiento nocturno en solitario. Entonces veo que Karl sale corriendo y alcanza a Carla. Tengo que rehacerme la coleta dos veces antes de poder apartarme de la ventana y convencerme a mí misma de que mi voz no suena rara. Y de que no tengo que ir a la habitación de Rachele a decirle que Carla se ha marchado. Voy a sentarme junto a Nadia. Su cama parece el punto más solitario de la Vía Láctea. Como si flotara, sola, en mitad de la nada.

—¿Estás bien? —le pregunto.

—Sí —responde.

Y me abraza. No puede estar bien si me está abrazando. Además, le tiembla el cuerpo.

—¿Apago las luces?

Asiente, agradecida, y se queda tumbada de espaldas a mí. Me pongo los auriculares con la esperanza de no volver a oír nada más hasta por la mañana. Pero cuando, en mitad de la noche, abro los ojos, a través de la puerta abierta del cuarto de baño veo a Nadia poniéndose un tampón. De modo que ya ha empezado a venirle la regla y ya sabe cómo usar un tampón. A lo mejor se lo ha visto hacer a su madre. Yo no sabría cómo ponerme uno y espero no tener que hacerlo hasta dentro de varios meses. Años, posiblemente. Para asegurarme, tendré que comer todavía menos.

Nadia limpia una manchita de sangre del suelo del baño y después tira el papel higiénico manchado en el váter. Mientras la observo, ya soy consciente de que este será uno de esos momentos que se te quedan grabados en la memoria para siempre. No hay nada que pueda hacer al respecto, se quedará ahí almacenado, junto con un par de peleas con mi madre, el sonido que hace Alex cuando se corre y descubrir qué color tiene la piel de una chica muerta. Todos los detalles quedarán mezclados, para siempre, junto con algunos miedos que tenía a los tres o cuatro años y el sonido de aquella vez que me caí de la barra de equilibrios y me golpeé la cabeza con tanta fuerza que me desmayé.

VIERNES

Salgo de la ducha y me seco con las toallas ásperas que podrían ayudar a la chica polaca con el acné amarillo. Cuando entro al cuarto, Nadia ya no está. Anoche no oí a Carla regresar, pero ahí está ahora, medio asomada a la ventana, escupiendo, probablemente en dirección a la cabeza de Angelika. Se gira, se envuelve con las cortinas y me sonríe con un hilo de saliva que le resbala por la barbilla. Se lo limpia con la muñeca y vuelve a escupir en mi honor, haciendo más ruido, como los fumadores en la calle. A mí me encantaría ser capaz de carraspear así.

Le suena el teléfono.

—Hola, mamá —dice—. Sí, estoy genial. Esto me encanta.

Pone los ojos en blanco. Por lo que yo veo, genial no está, eso desde luego. Además, parece cansada.

—¿Qué? —dice—. Estoy bien. No sé qué te habrá dicho Rachele, pero estoy bien. Te lo prometo. Sí, mamá. Yo también te quiero.

Me guiña un ojo. Finge que vomita.

—Sí, mamá. Soy la mejor. El Señor, sí. Lo amamos, por siempre jamás.

114

Cuelga el teléfono y se abrocha la cremallera del chándal. Yo hago lo mismo. Después me la bajo y me la vuelvo a subir.

—¿No vas a preguntarme si me lo pasé bien anoche? —me dice—. ¿Si follé?

—¿Te lo pasaste bien anoche? ¿Follaste?

Asiente y se cepilla el pelo. No sé si asentir cuenta como un sí, así que no sé si de verdad ha follado. Ni con Karl ni con nadie más en su vida. Me concentro en su pelo, que es tan largo y rubio que, si el Señor no hubiera entrado en su vida, sería perfecta para un anuncio de champú.

—Fuimos al centro del pueblo y comimos un kebab. También fuimos a un bar a por una Coca-Cola. Me pareció ver a Alex poniéndose como una cuba.

—Espero que se muera.

—Ay, Martina —me dice riéndose—. Finge que no es más que una pesadilla. Así te despertarás.

—Nunca nos despertaremos. No mientras que no nos libremos de él.

—Lo haremos. Con el tiempo —asegura. Y cambia de tema—: Cuando regresé, estabas roncando a lo bestia. Como un hombre gordo de cincuenta años. Pienso grabarte.

—¿Has hablado con Nadia? No se encuentra bien.

—Qué novedad. De todas formas, se ha ido mientras yo dormía. Aunque tampoco creo que me hubiera hablado.

—¿Qué está pasando?

—Que está obsesionada conmigo. Tú lo sabes. Yo lo sé.

—Pensé que era porque le habías robado a Karl.

—Ojalá fuera tan sencillo —dice entre risas—. ¿Nos vamos?

Salimos de la habitación, Carla junto a mí. A juzgar por cómo me habla, cualquiera pensaría que somos amigas. A juzgar por cómo sonríe, cualquiera pensaría que de verdad somos felices. Pero, como bien dice, nada es tan sencillo. Espero que Nadia no nos vea porque podría pensar que estoy de parte de Carla. Y, si tuviera que elegir, seguiría pensando que Carla es culpable. Pero ni siquiera la culpabilidad es tan sencilla.

—Arréglate el pelo —me dice—. Podrías ser muy guapa si te esforzaras un poquito.

Así que me arreglo el pelo, y me esfuerzo un poquito.

En la zona de recepción, algunos de los chicos están tirados en los sofás. Son feos, todos ellos; con granos, bajitos o de pelo grasiento. Y además huelen mal. Huelen peor cuando se bañan en colonia que cuando sudan. Nos sentamos sin ni siquiera decir hola.

—La chica polaca no ha muerto —comenta uno de ellos.

Me había olvidado de la chica polaca. ¿Tan cruel soy como para no haber vuelto a pensar en el cuerpo inerte de una chica como yo, a la que se llevaron en camilla, con un collarín y los pies rígidos? Si hubiera muerto y nadie hubiera vuelto a hablar de ella, es probable que me hubiera parecido bien.

—¿Ni siquiera se ha quedado paralítica? —pregunta Carla.

—Es solo una lesión —responde otro de los chicos.

Solo una lesión. Y una competidora menos.

No tenemos nada que añadir. De modo que no decimos nada y nos limitamos a quedarnos ahí, esperando a Benedetta, Nadia, Anna y Rachele. Frente a las puertas de cristal, vemos a dos hombres que retiran sin descanso la nieve de la entrada del hotel. Echan sal por encima y después vuelven a afanarse con las palas, mientras les sale el vaho blanco de la boca. Dicen algo, entonces se ríen. Uno de ellos es mayor que el otro; quizá sean padre e hijo. Tienen las mejillas sonrojadas y los hombros tan anchos que parecen osos con abrigo. Me gustaría decirlo en voz alta —«¿Veis a esos osos con abrigo?»— y que la gente susurrara «Qué frase tan ingeniosa, Martina. Qué alma tan ingeniosa la tuya, cielo». Me gustaría salir ahí fuera a ayudarlos. En su lugar, me rehago la coleta dos veces.

Cuando llega, Nadia se sienta lejos de nosotras. Tiene la frente húmeda por el sudor. Lleva gafas de sol y los auriculares puestos. Cuando se acercan Benedetta y Anna, veo que son conscientes de la separación que existe entre Carla y Nadia, aunque todas fingimos que no pasa nada. Como cuando tus padres discuten y sabes que no puedes preguntar «¿Qué ha pasado?». Es asunto suyo y, de todos modos, la vergüenza te cierra la boca, te mata de miedo y te provoca un dolor de tripa de esos que provocan las peleas de padres. Yo tengo diferentes tipos de dolor de tripa. Tengo uno para las competiciones, otro para Alex, otro para cuando Nadia parece estar enferma. Así que hoy me decanto por ese dolor concreto y lo agradezco.

—Hola —dicen las Inútiles.

Y soy la única que responde con un hola.

Carla no las mira ni a ellas ni a Nadia. Nadia tampoco la mira a ella. Yo las miro a las dos, pero, de nuevo, prefiero la nieve de fuera, las palas y las risas de los osos con abrigo. Ojalá no hubiera nadie peleando a mi alrededor, porque hacer las paces puede llegar a ser muy difícil y ver el sudor en la frente de otras personas es algo que me incomoda mucho.

—¿Has ido a correr por el bosque? —le pregunta Carla a Nadia en voz baja—. ¿Has visto a Angelika?

Nadia no responde. Se frota las manos y se queda mirando al frente.

En una ocasión mis padres se separaron. Mi madre le dijo a mi padre: «Eres un ser humano horrible». Cada vez que entraba en una habitación y él estaba allí, lo espantaba. Él se puso a llorar y dijo: «Me marcho porque me odias». Yo los miraba con un ojo, mientras con el otro veía la televisión. Se fue de casa, a dormir al sofá de Nino. Una vez vino a mi colegio para abrazarme y se puso a llorar. En algún momento, transcurridas varias semanas, se reconciliaron y mi madre volvió a mostrarse amable con él. No sé bien lo que pasó entre medias, a lo mejor solo fue el tiempo, pero mi padre tenía el cuello magullado. ¿Habría intentado ahorcarse? ¿Mi madre habría intentado estrangularlo? Esas fueron las primeras cosas que me vinieron a la cabeza: suicidio y homicidio. Nadie volvió a mencionar el asunto. Si alguna vez consideran oportuno contarme por qué volvieron a estar juntos, será cuando sea adulta, y a mí me dará aún más igual y el telón de fondo de mi vida será la ciudad de Los Ángeles.

Sonreiré desde algún lugar cercano a los cañones de la zona.

Rachele aparece en el vestíbulo y su flequillo me parece el más grande y el más ahuecado de toda Europa. Si acaba en prisión, creo que desde allí debería dedicarse a hacer tutoriales por internet para enseñar a hacerse flequillo. Vídeos de tres minutos, trucos con el secador de pelo y esas cosas. Pulgares arriba. Pulgares abajo. Se le daría de maravilla. Podría explayarse con sus teorías sobre la belleza, las chicas y los cuerpos. La gente dejaría comentarios, haría preguntas sobre los productos que utiliza: «Y el pintalabios naranja que usas siempre, ¿qué marca es?». Pero hoy, tras haber susurrado cosas horribles sobre su enorme melena oxigenada, no preguntamos nada. Volvemos a quedarnos calladas. Ella nos llama y la seguimos para la habitual revisión de fisioterapia con Alex.

Entro yo primero. Soy la pionera de la revisión.

—Cuarenta y cuatro kilos, un metro cuarenta y ocho, cien pulsaciones por minuto —dice Alex.

«Por favor, suéltame —pienso—. Por favor, muérete», pienso también.

—Tienes el corazón un poco acelerado. Y te estás haciendo más alta. ¿Hay algo más que quieras contarme?

—Estoy bien —le digo, aunque no lo estoy. «Te odio». Y hacerme alta es una mierda.

—¿Estás nerviosa por el campeonato?

—Estoy bien.

—Aguanta ahí y sé valiente.

—Estoy siendo valiente ahora, aquí, contigo —logro decir.

Cuento hasta cinco. Luego hasta diez. Trato de no mirarlo a los ojos mientras me mide la presión arterial y después me mira los moratones. Me manipula con rapidez el tobillo izquierdo. Después aparto el tobillo y me pongo en pie.

—Si digo Martina, ¿tú qué dices?

Quiere aparentar normalidad, pero le tiembla la voz. Está intentando seguir su guion. No soporto su guion. Ni su guion, ni sus manos, ni su boca, ni su pene, que he visto ponerse duro decenas de veces por debajo de sus pantalones. No soporto su olor, ni su voz, ni su pelo. Ni su nombre.

—¿Digo ganadora? —murmuro.

Consigo mirarlo a los ojos. Él agacha la mirada. Cabronazo de mierda.

—Vale, Martina. Eres una ganadora. Ya puedes irte.

Soy una ganadora. Puedo irme. Así que me voy.

Alex nos da una sesión de fisioterapia diaria y nos hace una revisión semanal. Si estamos de viaje, la revisión puede durar menos de seis minutos. Si te das prisa en quitarte la ropa y en volver a ponértela, en subirte a la báscula, ponerte recta y fingir que toses, podría durar cinco minutos y ya está. Aún no he logrado entender qué es lo que provoca que nos toque de esa otra manera. De esa otra manera enfermiza y asquerosa. A menudo me pregunto qué será lo que más le excita. ¿Será nuestra felicidad o nuestra tristeza? ¿Su fuerza o nuestra debilidad? ¿O nuestra fuerza y su debilidad? ¿Debería llorar o sonreír para sentirme más segura cuando estoy con él?

—Sé que puede resultar incómodo —dice ahora a veces, desde que me quejé a Rachele.

Por algún motivo, hablar de ello debe de hacerle sentir que es una cuestión médica. Más profesional. Hace lo mismo con Nadia y con Carla.

—Ya casi he acabado —podría añadir—. Hay que arreglarte la cadera, así que esa es la zona que hay que trabajar si queremos mejorar la cadera.

Y entonces me toca, de nuevo, esa parte de la cadera que, ahora sé, nunca ha estado débil, ni rota, ni ha necesitado atención constante. El problema de Nadia parece ser la zona lumbar. El de Carla, la rodilla y los hombros. Por alguna razón, el nervio que hay que tocar para trabajar todas esas zonas dañadas está dentro de nuestra vagina.

—A mi zona lumbar no le pasa nada —le había dicho Nadia a Rachele.

—Chicas, es el mejor —le había respondido ella—. Me lo ha explicado todo. No pasa nada.

No puedo decir al cien por cien que Rachele no lo creyera, ni que una diminuta parte de nosotras no lo creyera tampoco. Claro que lo creímos. Deseamos creerlo con todas nuestras fuerzas.

Dejo la puerta abierta al salir y me siento fuera. Oigo como Alex pesa a mis compañeras de equipo, las preguntas que les hace. Le oigo a menudo repetir «Ahora debes comer un poco más. Si no comes nada, no puedes competir». A todas nos dice lo mismo en su habitación, pero menos de media hora después, Rachele nos dirá que reduzcamos las raciones, los carbohidratos, los azúcares. ¿También se habrán puesto de acuerdo en eso?

—No os vais a gustar con el maillot puesto —susurrará—. Confiad en mí. Los movimientos no quedan bien si tenéis un poco de barriga.

Nadia es la última en entrar. Pasa a la consulta con los auriculares puestos todavía, arrastrando los talones sucios de sus deportivas, con su hermoso rostro atormentado. Aun cuando está furiosa, o enferma, su belleza es en lo primero que me fijo. Pero hoy, al fijarme en sus deportivas empapadas, también veo que tiene la misma mirada que la anciana loca de mi barrio que se pasea por la calle con una muñeca en brazos. Nadia parece tan perdida y sola como ella. Tan dulce y tierna como ella.

—Deja de hacer eso —me dice Carla, señalándome los dientes.

—¿Hacer qué?

—De rechinar los dientes. Y deja de temblar, o lo que coño sea que estés haciendo.

Nadia desaparece en el interior de la consulta. Ojalá pudiera entrar con ella.

—Nadia, estás dejando el suelo hecho un desastre —oigo que le dice Alex—. ¿Cómo es que llevas las deportivas tan sucias y mojadas? ¿Has estado en el bosque?

—Necesitaba un poco de aire fresco —responde, y su voz suena seca—. Y estar sola.

—No se os permite hacer eso. Tenéis que ir siempre con alguien más.

La puerta se cierra a su espalda.

—Martina, contrólate —me dice Rachele—. Por favor.

De manera que trato de controlarme y de dejar de temblar o lo que coño sea que estoy haciendo. Las paredes son tan finas que, desde donde estoy sentada, todavía oigo retazos de la revisión de Nadia. Le oigo decir que le ha bajado la regla y le explica a Alex que no, no duele. Me alegra saber que no le duele la regla. Dice que cree que tiene las muñecas más débiles de lo habitual. Y yo pienso que ya estamos otra vez, más fracturas de estrés. Todas sabemos que acabarán rompiéndonos, con el tiempo. Y entonces oigo un fuerte ruido, como si algo metálico hubiera caído al suelo, y un cristal que se hace añicos.

Carla se gira para mirar a Rachele.

—¿Por qué nos dejas a solas con él? —le pregunta—. Eres tan perversa como él.

Rachele se queda mirándola, horrorizada. Entra en la habitación y cierra la puerta. Carla se levanta, pero, al darse cuenta de que la estoy mirando, y de que las otras la están mirando también, se encoge de hombros y vuelve a sentarse. Trato de dirigirle una mirada de agradecimiento, pero no me mira a los ojos. Está pálida. Estamos todas pálidas. Si una de nosotras palidece, las demás también. Si una de nosotras está ahí dentro con Alex, las demás también.

¿Lo habrá matado Nadia? ¿Se habrá suicidado ella?

Siempre nos dan miedo los suicidios. Como si fueran una especie de gripe que podemos contraer si no tenemos suerte, y también por el hecho de tener entre catorce y dieciséis años. Si nos creemos las agoreras estadísticas de Nadia y lo que dicen por televisión, es algo que sucede a todas horas. Las cifras son terroríficas y siempre van acompañadas de descripciones de la escena. Cinturones colgando, pastillas por el suelo, la pistola de un pariente que se ha disparado y hay sesos esparcidos por los azulejos del cuarto de baño. ¡La cantidad de pistolas de parientes que hay por ahí sueltas, madre mía! A esas cifras y a los cinturones colgando de la ducha hay que añadir las muertes por anorexia, que, en cierto modo, también son suicidios. Las anoréxicas que no mueren por vomitar o por pesar menos de veintiséis kilos o de un ataque al corazón tienen más probabilidades de suicidarse que las que no son anoréxicas, y esa también es otra estadística que aprendí gracias a Nadia. Sobra decir que nosotras somos más propensas al suicidio, por esas mismas razones y por todas las demás razones que Carla quiere creer que son pesadillas de las que podemos despertar.

El año pasado, una gimnasta china y una gimnasta francesa se suicidaron. En meses diferentes y empleando métodos distintos, pero estudiamos ambos casos con gran atención. A la gimnasta china la encontraron colgada en el internado donde vivía. Tenía trece años y utilizó para ahorcarse las vendas que empleamos para envolvernos las manos en las barras asimétricas. Las ató a la ducha, se subió a la balda de las toallas, pasó la cabeza entre medias y se dejó caer. Cuando se conoció la noticia, ya habían transcurrido dos meses desde su muerte. Su equipo emitió un breve comunicado, pero no pudimos encontrar entrevistas en internet. Ni un entrenador, ni una compañera de equipo que lo dijera en voz alta. Rachele nos explicó que los chinos son muy reservados. Supongo que se veía reflejada en aquella idea, en el matiz que una pueda darle a la palabra *reservado*.

—Están mintiendo —había dicho Carla—. Y una mierda son reservados.

—No quieren que nadie lo sepa porque, de lo contrario, el mundo sabría las cosas que pasan allí —agregó Nadia.

—Dicen que las atletas tienen dieciséis años cuando en realidad tienen doce. Las matan y fingen que no ha pasado nada. Mueren y nadie dice nada. ¡Perros!

Rachele había intentado que dejásemos de repetir las palabras *perros* y *muerte,* y luego nos pidió hacer un ejercicio de relajación que había aprendido en yoga. Nos explicó que repetiríamos ese ejercicio de manera regular; era bueno para concentrarse y también para relajarse.

—Ayuda cuando tenéis miedo —nos dijo—. Aprendéis a respirar más despacio, cuando vuestro cuerpo quiere que respiréis más deprisa. En resumen, permite que el control lo tengáis vosotras, no vuestro miedo.

Aquella semana hicimos yoga, pero Rachele no tardó en olvidarse del asunto, o pensó que muchas de nosotras nos habíamos quedado dormidas, así que volvimos a los estiramientos de toda la vida. Aún hoy, de vez en cuando empleo partes del ejercicio que nos enseñó para sobrevivir a las sesiones de fisioterapia.

La puerta de Alex permanece cerrada durante unos minutos. Cuando se abre, sale Rachele. La miramos. Intenta sonreír para tranquilizarnos, y he de reconocer que su sonrisa, curiosamente, consigue hacer que me sienta más tranquila. Pese a todo, la quiero y sé que nos quiere. Supongo que pasa lo mismo con los niños cuyas madres les pegan. Aun así, las quieren, ¿no es así? Disfrutan con ese abrazo ocasional. Solo tienen una madre. La veo sonreír de nuevo, antes de empezar a hablar con el tono de voz más sereno que puede adoptar.

—Se ha desmayado. No hay nada de lo que preocuparse.

—¿Por qué se ha desmayado? —le pregunta Anna—. ¿Está enferma?

—Tiene baja la presión arterial. Ya está bien.

—Pero ¿por qué tiene baja la presión arterial? —pregunto.

—A veces pasa —responde Rachele—. No hay nada de lo que preocuparse.

Carla tiene lágrimas en los ojos y, cuando me doy cuenta, se pone las gafas de sol. Parece una celebridad. O una doliente en un funeral. O una celebridad doliente en un funeral. Camina hacia las ventanas, Rachele la sigue y yo las miro desde atrás, Carla con los hombros caídos hacia el suelo y Rachele moviendo los suyos al ritmo de sus palabras mientras habla demasiado deprisa. Utiliza demasiadas palabras. Me dan ganas de gritarle: «Si te callas de una vez, Rachele, a lo mejor Carla habla contigo. Si te tomas un respiro, a lo mejor te cuenta algo. Deja de divagar sobre las Olimpiadas. ¡Deja de hablar sobre tus planes! Alex y tú deberíais usar menos palabras, menos miradas, menos de todo». Pero, claro está, guardo silencio. Me subo la puta cremallera. Me bajo la puta cremallera.

Alex sale y dice que Nadia necesita un par de minutos más. Ya se encuentra mejor, pero eso es lo que puede pasar cuando se tiene baja la presión arterial. Después de desmayarte, tienes que levantarte muy despacio.

—Si ya habéis pasado la revisión —nos dice—, podéis iros al gimnasio.

¿Baja presión arterial? Nunca antes le había pasado eso. ¿Le habrá dado un empujón a Alex cuando este la ha tocado? ¿La habrá empujado él? A lo mejor Nadia ha reunido el valor para hacer lo que todas ansiamos hacer.

Voy al gimnasio y me concentro lo mejor que puedo, pese a estar reviviendo las imágenes de Nadia al desmayarse, la saliva en la barbilla de Carla, las pajas verdaderas o falsas que le habrá hecho a Karl, los tampones, la sangre, las lágrimas. No le encuentro sentido a nada de eso. Tampoco soy capaz de ordenarlo. De modo que empiezo a repetir las cosas dos veces, digo «ayuda» dos veces, «Carla» dos veces, «Nadia» dos veces y hago abdominales y estiro los músculos de las piernas con el piloto automático. Para cuando Nadia y Carla empiezan a calentar, ya me encuentro mejor.

Llegan los otros equipos. Se llena la pista. Tiene que dar comienzo la competición. Tiene que dar comienzo la final. Así que, pese a ser menos equipo que nunca, pese a sentirme menos concentrada que nunca, me esfuerzo al máximo, hago todo lo posible por ser una pionera y estar aquí ahora. Cuando llega mi turno, también logro una puntuación elevada en las barras. Doy gracias a mi rabia, pero poco después la maldigo, porque ella es la razón de que me caiga de la barra de equilibrios. Me hago daño en el tobillo. Me hago daño en la muñeca. Espero que el tobillo no esté vinculado con el mismo nervio que la cadera y que Alex no tenga que arreglármelo de la misma forma.

Benedetta es nuestro punto más débil y hoy también lo confirma. Carla, por otra parte, está siendo una gimnasta diligente y talentosa, no cabe duda, pero ahí acaba todo. No tiene chispa. No tiene magia. Hoy tampoco parece ser el ángel de Dios. Tampoco parece ser Popeye. Hoy no es más que una de las buenas chicas.

—Sé tu mejor versión —le dice Rachele—. Por favor.

Su voz suena más como un lamento. Ella también está perdiendo su chispa y su magia. Anna trata de ayudarnos con su consistencia media y diligente, pero a todas nos falta fuerza, precisión y belleza. Nadia sigue tan frágil que no podemos contar con ella, ni siquiera debería estar compitiendo. Y yo, al hacer un mal aterrizaje en el potro, me pongo a llorar.

—Chicas —dice Rachele—. Sed las ganadoras que sois. Esto es un desastre.

Una vez, en una competición en Sídney, las atletas no paraban de cometer errores en el potro y, en un momento dado, cuando muchas de las chicas ya habían aterrizado de rodillas, se dieron cuenta de que era el potro el que estaba desplazado unos centímetros. Quizá a estas barras rumanas también les pase algo malo. Además, cada vez soy más alta y eso es horrible. A Nadia le ha venido la regla y eso también es horrible. Aunque, ¿qué pasa con la altura de Khorkina, a la que siempre considerábamos absolutamente perfecta? Al menos hasta que empezó a llamar «mentirosas en busca de fama» a otras gimnastas que denunciaron abusos. Pero todas oímos que Khorkina había empezado a entrenar con un entrenador que solía pegarle y que a veces no le permitía comer durante una semana entera. Pese a las palizas y al hambre —o quizá gracias a esas cosas—, ganó nueve oros, ocho platas y tres bronces. Así que probablemente crea que ha merecido todo la pena. O, al menos, imaginamos que esa es la lección que quiere que aprendamos de ella. Y hoy, cuando todas parecemos estar haciéndolo tan mal, tampoco estoy segura ya de lo que necesitamos. ¿Más palizas? ¿Más cuidados? Observo los saltos y giros impecables de Angelika al otro extremo del gimnasio. Su sonrisa. ¿Su perfección procederá del amor o del odio?

Veo al equipo chino acumular puntos. A las rusas también. Las envidio y, al mismo tiempo, siento pena por ellas.

Llegado el mediodía alcanzamos el quinto puesto y ninguna de nosotras vence a Angelika en ninguno de los aparatos ni a lo largo de toda la competición. No llegamos al podio. No llegamos a ningún lugar decente. Todavía nos queda la final individual y la final general, pero como equipo estamos acabadas.

Llegada la noche, además de que nuestro club haya quedado en quinto lugar, Nadia y Carla siguen sin hablarse. La atmósfera entre ellas es tensa. La atmósfera de todo el universo es tensa.

De vuelta en nuestra habitación, Carla y yo debatimos haciendo cálculos para la final general del domingo. Bueno, debatir no es la palabra; Carla habla y yo la escucho. Está empeñada en que quiere probar el Produnova en el potro. Si lo llaman «potro de la muerte» es por algo, pues es casi imposible controlar el impulso de una voltereta durante un triple mortal hacia delante antes de realizar un aterrizaje completamente a ciegas.

—Mejor paralítica que perdedora. Puedo hacerlo —me dice entre risas—. Martina, tú también puedes.

De vez en cuando, Nadia se da la vuelta en su cama y resopla. Sigue pálida, apenas ha hablado y no la he visto comer.

—¿Qué ha ocurrido en la habitación con Alex? —le pregunto.

—Nada —murmura—. Me he desmayado.

—Estás obsesionada con Alex —me reprocha Carla—. Déjalo ya.

—Pero míranos. Estamos fatal.

—No lo estamos —replica Carla—. Tú concéntrate en lo impresionante que puede ser tu ejercicio de suelo. Necesitas puntos.

—Es culpa de ellos —le digo—. Todo esto. Nos están volviendo locas.

Nadia se vuelve hacia mí y, a juzgar por cómo me mira, siento que es la primera vez que parece haberme oído. Mi voz ha llegado hasta su cerebro. Pero su grito de auxilio, el horror que veo aparecer en su rostro, es tan vasto y tan oscuro que no puedo seguir mirándola. Me giro hacia la ventana. Camino hacia ella y me asomo ahí fuera, donde las cosas quizá sean más fáciles. Veo a los osos con abrigo y espero que estén ocupándose de todo. Al menos mejor que nosotras aquí arriba.

—Si la zorra de Angelika se pierde y algunas de las superrobots chinas se pierden también, aún podemos conseguirlo —continúa Carla—. Entonces podré salir en el desplegable de *Playboy* igual que Khorkina.

—¿Cuántos años hay que tener para poder salir en *Playboy*? —le pregunto, sabiendo que es una pregunta patética, pero estoy intentando sacar un tema más alegre. Que volvamos a ser chicas que bromean. A las que les importan las bromas.

Y por esa razón, Nadia y yo, con bolsas bajo los ojos, nos quedamos mirando a Carla mientras hace una pose de *Playboy*, levantándose la camiseta por encima de sus tetas diminutas para que se le vean mejor. Después se tumba y hace otra pose con la espalda arqueada como una sirena. Tiene los brazos musculosos y la piel cubierta de moratones. Se deja mirar con semejante falta de pudor que a mí me da vergüenza.

—Voy a dar un paseo —anuncio—. Solo hasta la máquina expendedora y vuelvo.

—Me quieres mal —le dice Carla a Nadia con crueldad. Nadia vuelve a hundir la cara en el colchón—. Tráeme una Coca-Cola —añade Carla—. ¡Y tú búscate unos movimientos más fuertes para la barra de equilibrios!

Pienso en eso de que Nadia quiere mal a Carla. Acababa de levantar la cara del colchón y ahora hemos vuelto a perderla. Carla es una idiota y me da la impresión de que lo sabe.

—¿Sabías que, si te haces una ducha vaginal con Coca-Cola, no te quedas embarazada? —me cuenta Carla.

—¿Podrías estar embarazada?

—Pero ¿qué coño dices, Martina? Tráeme una Coca-Cola, ¿quieres?

Cuando abro la puerta, cambia de pose. La veo bajarse de nuevo la camiseta y quedarse allí tumbada, fingiendo que se aburre. Después se pone a cuatro patas. Cuando cierro la puerta detrás de mí, la oigo llamar a Nadia dos veces.

Voy a las máquinas expendedoras y compro Coca-Colas para nosotras y una Fanta para Nadia. No ha comido nada, así que le vendrá bien algo de azúcar. Le envío un mensaje a mi padre diciendo: *¡Sigue pensando en el domingo! Sigue siendo nuestro día de suerte, ¿verdad?*

Recibo su respuesta en cuestión de segundos. *El domingo es la revolución. Las cartas son favorables. ¡Suerte! Posdata: besos de mami ratón.*

En el camino de regreso, oigo ruidos procedentes de la habitación de Anna y Benedetta. Música y risas. Las Inútiles, las chicas en la sombra, tienen sus momentos de felicidad y, para ello, cuentan con una banda sonora. El ambiente debe de ser mucho más relajante ahí dentro que con Nadia y Carla. A lo mejor es porque ahí dentro están a salvo. Sigo caminando y llego hasta la habitación de Rachele. La puerta está entreabierta, así que asomo la cabeza y, sobre una balda, veo su maquillaje y unos cigarrillos finos y blancos. También la veo a ella reflejada en el espejo. Está sentada frente a la televisión, comiendo una barrita de chocolate, y está llorando. Entonces veo a Alex, con una toalla alrededor de la cintura y una botellita del minibar en las manos. Camina hacia la puerta y yo salgo corriendo.

De regreso en mi habitación, ya ha tenido lugar la primera revolución. Estoy tentada de llamar a mi padre y confirmarle sus poderes chamánicos. Ahora Carla está en la cama de Nadia. Nadia sigue con la cara hundida en el colchón, pero Carla la tiene abrazada por detrás, como una de esas mochilas en forma de juguete de peluche que estaban de moda cuando éramos pequeñas.

Por entonces a mí me habría encantado tener una mochila de oso panda, pero no teníamos dinero suficiente. Mi padre intentó fabricar una con uno de esos muñecos de peluche que se ganan en el tiro al blanco de las ferias, destripándolo al sacarle el relleno de la barriga. Confeccionó las correas con un par de tirantes viejos y el resultado fue tan triste que la tiré en el contenedor de basura de la calle a la primera oportunidad que encontré y fingí que me la habían robado en el gimnasio. Algunos meses después, la encontré de nuevo en nuestro piso, escondida en una bolsa con trastos viejos.

—No debes estar triste —está diciéndole Carla a Nadia—. Si estás triste, no puedo respirar ni pensar con claridad. No puedo saltar, ni comer, ni dormir, ni nada.

La lista de cosas que Carla no puede hacer si Nadia está triste resulta ser tan larga que a mí se me empieza a dormir el pie. Dejo los refrescos en su mesilla de noche y me siento en mi cama.

—He visto a Rachele y a Alex follando —les digo.

—No es verdad —me responde Carla.

Y me doy cuenta de que no lo es.

—He visto a Alex sin ropa en la habitación de Rachele.

—¿Estaba totalmente desnudo? ¿Con la polla dura?

Siento como si me fuera a desmayar. Necesito aire.

—Llevaba una toalla alrededor de la cintura.

—Así que no los has visto follando. Y tampoco estaba desnudo.

—¿Qué cambia eso? ¡Deberíamos llamar a la policía!

—¿Porque a lo mejor follan?

—¡Por lo que nos hacen a nosotras! ¿Por qué siempre te empeñas en protegerlos?

—Protejo al equipo, las medallas. ¡Os protejo a vosotras!

Miro a Nadia, buscando un vínculo que no encuentro. Vuelve a estar bajo el hechizo de Carla. Y lo estará para siempre. Cuento hasta cien, hasta doscientos. No sucede nada. Sigo notando el hormigueo del pie dormido, que empieza a subírseme hasta la cintura, hasta los pulmones. La lengua. Los ojos.

—Vuelve, mi amor —está diciéndole Carla a Nadia—. ¿No te das cuenta de que, sin ti, fracaso?

Durante la pausa que se sucede a continuación, apago la luz de mi mesilla, decido olvidarme de ellas para siempre y trato de dormir. Si quieren quedarse despiertas toda la noche, por mí bien. Yo, desde luego, no pienso hacerlo. Si no quieren llamar a la policía y prefieren volverse totalmente locas, bien también. Y, si no me creen y no quieren hablar nunca de Alex, me da igual también. A lo mejor puedo revisar mentalmente mi rutina sobre la colchoneta, o pensar en cosas del colegio. Sí, cosas del colegio. Inglés, por ejemplo. *I am. You are. We are.*

—Vuelve, mi amor —repite Carla.

—Karl —murmura Nadia—. Tiene que desaparecer.

—De acuerdo. ¿A quién coño le importa Karl?

Nadia vuelve la cara, mojada por las lágrimas, y mira a su mejor amiga. A su amor. Mi cama está a oscuras mientras que la de Nadia está iluminada como un escenario. Soy la única espectadora y ni siquiera puedo aplaudir.

—Seré superfría, como el hielo —le asegura Carla con cierta euforia—. Ni siquiera lo saludaré. Siempre has sido tú.

—Eso me gusta —dice Nadia entre risas—. Para mí, siempre has sido tú también.

—Me taparé los ojos con las manos cada vez que pase por delante. Saldré corriendo cada vez que se me acerque, como si oliese mal. Y no volveré a decir ni una palabra que empiece por la letra *K*. No volveré a decir Karl. Ni koala. Ni Kafka… ¡Ni Kukaku!

—Kukaku no significa nada —dice Nadia riéndose—. ¡Kukaku no existe!

—¡Kukaku ha muerto! —grita Carla, y empieza a saltar sobre la cama.

—Está muerto. La *K* está muerta —susurra Nadia.

Se acurrucan bajo la colcha, abrazadas, sin hablar más, o a lo mejor es que por fin me estoy quedando dormida, con todos los *We are* y *You are* que he estado repitiendo mentalmente. Carla no podrá volver a decir Khorkina, si pretende cumplir su promesa.

Pero decido que es mejor no mencionar ese punto.

SÁBADO

Están las dos escupiendo por la ventana, de modo que sé que la situación va mejor. Y sé que Angelika estará ahí abajo corriendo. Nadia está abrazando a Carla, que parece haber vuelto a su estado habitual. Les cuelga la saliva de la barbilla —como el rastro de un caracol, brillante y blanco—, y eso también cuenta como volver a su estado habitual. El sol está enorme, de un amarillo fosforescente, y mi corazón pesa por lo menos cien kilos.

—¿Sabes cuál es el único nombre más estúpido que Angelika Ladeci? —pregunta Carla—. La verdad es que es tan estúpido que no se me ocurre nada peor.

—Es un nombre de vieja. Y tiene la letra *K,* ¡cuidado!

—Claro, esa letra está muerta. ¿Por qué coño la he usado?

No me atrevo a mencionar que Angelika Ladeci parece el nombre de una gimnasta que será recordada durante siglos. Un nombre que lleva ahí toda la vida y que durará para siempre. Angelika Ladeci. Ladeci, Angelika: me imagino su página de Wikipedia con la lista de trofeos que ha ganado. Después todos los movimientos inventados por ella. Repito su nombre y su apellido en mi cabeza hasta que pierden significado.

Me visto y descubro un mensaje de mi padre. *¡Mamá y yo estamos contando las horas que faltan para la General! Para tu competición y tu vuelta a casa. Aquí en la Tierra de los Ratoncitos estamos bien.* Me imagino el sol en nuestro barrio, también llamado Tierra de los Ratoncitos, oculto tras una niebla amarilla estática. Me los imagino perdidos en esa niebla amarilla, rodeados de ratones, ratas y basura. Trato de abrazarlos, pero, aunque sea un abrazo inventado, no logro apretar con fuerza y, en su lugar, tengo que mirar hacia el cielo imaginario.

Antes de que empezara a viajar, solía pensar que el color natural del cielo era un azul desvaído, que el sol siempre estaba lejos, igual que en casa. Pero entonces, en nuestros viajes, empecé a ver el sol como lo que de verdad era y lo que podía llegar a hacer, y mi mundo en casa se volvió más sombrío. Incluso aquí, en la gélida Rumanía, el sol sale más limpio y más grande, tan grande que parece que se te va a caer encima. Es tan colosal que resulta fácil entender cuánto calor genera y por qué nos mantiene vivos. O más o menos vivos.

Me cepillo el pelo, que es tan rojo que duele. Es un fuego ardiente y alcanzo a notar el calor. Me subo la cremallera dos veces, me la bajo dos veces, bebo dos sorbos de agua y trato de olvidarme de mi pelo y del calor que siento en el cráneo y del moño, que siempre está mal hecho. Dibujo una sonrisa en la cara y me vuelvo hacia ellas.

—¿Vamos a desayunar?

—Qué vulgar eres, Martina —me responde Carla—. La gente sofisticada dice *petit dejeuner*. Así es como lo llamarían en casa de Anna.

—Aunque Anna no te invitaría —añade Nadia—. Ni a nosotras. Carla, ¿podrías darme un masaje rápido en el cuello?

Cuando éramos más pequeñas, solían invitarnos mucho a casa de Anna. Entonces las invitaciones cesaron. Creo que fue después de que Carla se probara todos los zapatos de su madre y los dejara desperdigados por ahí para que los recogiera la asistenta. O a lo mejor fue después de que Nadia y Carla se emborracharan con los licores del salón y practicaran la rutina de uno de nuestros antiguos campeonatos entre las escaleras y el sótano, rompiendo por el camino algunos jarrones.

—Lo siento, mi amor —dijo Carla—. Dime si te debemos algo.

En casa de Anna descubrí cómo eran las alfombras de verdad y que había una secadora que no era una lavadora. Supe de la existencia de habitaciones que no pertenecen a nadie, que permanecen vacías, con las camas hechas y las sábanas limpias, aunque nadie duerma en ellas. Me imaginé a unos fantasmas juguetones, tumbados bajo las colchas estampadas, tapices y mantas suavísimas. Debe de ser extraño cambiar unas sábanas que no se han usado, de camas en las que no ha dormido nadie. ¿Cuándo lo haces? ¿Y por qué? Aunque había espacio para toda su familia, y para más gente, siempre parecía vacía. Su madre iba y venía tan deprisa que parecía una de esas capas mágicas que llevan los magos, que por debajo están vacías. Nunca vimos a su padre, pero oíamos palabras como *diplomático* y *amiguitas*. La clase de palabras que, cuando se juntan, explican por qué nunca lo vimos y por qué Anna lo odiaba.

La asistenta venía y nos decía que nuestra merienda estaba lista, que habían colocado colchonetas en el jardín para que pudiéramos practicar, o que era el momento del baño y que las burbujas estaban haciendo espuma. Anna le tenía cariño a la asistenta, pero Carla no la soportaba. Ya incluso en aquel entonces, cualquier asistenta me hacía pensar en mi madre, pero Carla, descarada y maleducada, se limitaba a ordenarle que le trajera esto o lo otro. O se quejaba de que tenía frío. O de que tenía calor.

—¡Asistenta! —gritaba—. ¿Qué le vas a hacer de cena a la Princesa Anna?

Y Anna acababa llorando. Pero sus padres no estaban allí para poder oírla.

En la cafetería del hotel, nos sentamos con el resto del equipo. Rachele empieza a sonreír en cuanto ve que Carla y Nadia vuelven a ser amigas. Se alegra por Carla, nuestra estrella, que ya tiene de nuevo a su Nadia, pero sobre todo se alegra por ella misma. Así que empieza a hablar como si no fuera a parar nunca. De vez en cuando, mientras habla sin cesar, le guiña un ojo a Carla. O dice: «¿Estás de acuerdo, Nadia?». Y Nadia se ve obligada a responder: «Sí, Rachele. Estoy de acuerdo».

«Baja un poquito el tono», me dan ganas de decirle, como de costumbre. «Baja un poquito el tono, entrenadora, nos están mirando todos. Hablas muy alto, eres mala», pero la cháchara ya ha comenzado; el torrente de palabras que salen de sus labios pintados es ya imparable.

«Anoche te vi tumbada frente al televisor comiendo chocolate y llorando», me gustaría decirle. «Te vi con Alex, él iba desnudo; así que, a pesar de tus palabras y de todas estas risas, no confío en ti».

Pero guardo silencio. En su lugar, vuelvo a arreglarme el pelo.

—Me han dicho que anoche había tres o cuatro lobos frente al vestíbulo —está diciéndonos ahora—, ¡así que cuidad de vuestras piernecitas, chicas!

—Rumanía está llena de perros callejeros —murmura Benedetta—. Dicen que hay doscientos o trescientos mil. Deben de ser perros, no lobos.

—Rumanía es el principal bastión europeo de lobos y osos —explica Anna—. Los lobos están presentes en un área de cincuenta y siete mil kilómetros cuadrados, y los osos en un área de cincuenta y dos mil kilómetros cuadrados. Las áreas de distribución de las especies abarcan el veinticinco por ciento del territorio rumano y se localizan especialmente en zonas montañosas y boscosas.

Miramos todas a Anna como se miraría a un loco o a un extraterrestre. En primer lugar, ¿cómo sabe todo eso? En segundo lugar, nunca ha dicho tantas palabras seguidas, y mucho menos la palabra *bastión.* En tercer lugar, sí que hay lobos entonces. Nos quedamos con la boca abierta, todas.

—Lo he buscado en Wikipedia —susurra, y se pone toda roja.

—Lo has buscado y lo has memorizado —puntualiza Carla—. ¿Las áreas de distribución de las especies? ¿Quién habla así?

—También dice que desgarran a sus presas, empezando por la tripa, porque tiene más grasa —añade Anna.

Al oír la palabra *desgarrar,* todas cerramos la boca, quizá porque eso es justo lo contrario de lo que haría un lobo con un cuerpo muerto. Abriría la boca. Agarraría una mano. El brazo. La cara. Rachele trata de cambiar de tema y empieza a explicarnos cómo funciona el sistema centralizado deportivo en Rumanía, y que los atletas viven juntos durante todo el año. Pasa a hablarnos de sus residencias, de las literas y de la disciplina. Supongo que podría hacernos también una lista de todos sus champús y de todo lo que comen.

—Disciplina de verdad —nos dice—. ¿Lo entendéis, niñas?

Nos llama niñas solo una o dos veces al año. Es como un premio. Y ahí está, hoy nos hace entrega de ese premio.

Entran algunos periodistas en la cafetería, claro indicador de que el día más importante de la competición está muy cerca. Hacen algunas fotos, charlan con los entrenadores, se fijan en Angelika. Después en Carla. Yo repito para mis adentros «La revolución del domingo», y espero que mañana alguno de ellos también quiera una foto mía. Me aseguraré de escribir mi nombre en un trozo de papel, deletreándolo con claridad, para que tanto la prensa española como la china puedan usarlo en el artículo sobre los aspirantes olímpicos. Mi nombre estará en boca de todos, en vallas publicitarias, saldrá por la radio, y podrán copiarlo de ahí sin problemas. La M de Martina será tan grande como la del centro comercial.

—Martina —dice Carla—, ¿vienes con nosotras? ¿O quieres seguir atiborrándote?

No quiero seguir atiborrándome. De pronto me siento gordísima, con la celulitis de pelirroja que se me nota a través del chándal. Mi pelo se convierte de nuevo en fuego, de modo que me levanto enseguida y las sigo. Rachele me mira como diciendo «gracias», y yo pienso: «Lo tuyo no tiene arreglo, Rachele. Deja de sonreír. Deja de hacer cualquier cosa». Debo de pensarlo con bastante fuerza, porque el caso es que deja de sonreír.

—Buena chica —dice Carla cuando me levanto—. Buena y valiente.

Fuera, el sol brilla con fuerza sobre la nieve, el cielo resplandece y el aire huele de maravilla. Soy buena y soy valiente. Soy Martina con la *M* más grande del mundo. Miro hacia el hotel y veo a los osos con abrigo retirando la nieve con pala, siguen riéndose. Me caen bien, me gusta su risa, así que yo también me río.

—Estás como una cabra —me dice Nadia—. Pero en el buen sentido.

—¿Te acuerdas cuando Martina era pequeña y solo sabía hacer la voltereta lateral hacia la izquierda? —le pregunta Carla—. Decía que era una cuestión de orden. A saber qué significa eso.

Tienen recuerdos míos de cuando era pequeña, recuerdan mis volteretas laterales hacia la izquierda, así que agrando más mi sonrisa. Quiero decirles que no significaba nada. Es que me parecía raro y terrible empezar desde la derecha. Intenté engañarme a mí misma muchas veces para poder hacerlas. Volteretas laterales hacia la derecha a modo de penitencia, volteretas laterales hacia la derecha a modo de desafío. Al final, transcurrido un año entero intentándolo, por fin me salieron. A lo mejor ahora me vuelvo a quedar atascada, solo porque lo han mencionado. Levanto la mirada y veo que Karl nos observa desde una ventana. Saluda con la mano de forma exagerada.

Corremos más rápido.

Mientras cruzamos el puente, nos detenemos para ver los coches pasar a toda velocidad por la carretera de debajo. Les escupimos, nos reímos y llegamos al centro deportivo de buen humor, pese a todos nuestros moratones. Pese a todas nuestras vidas, al hambre, a todo nuestro dolor. Frente al edificio hay pájaros y algunos de los doscientos o trescientos mil perros callejeros comiendo de los cubos de la basura.

—¡Qué asco! —dice Carla—. Deberíamos darles de comer a la gimnasta que tiene que morir.

—¿Los pájaros no son vegetarianos? —pregunto. Pero entonces recuerdo un documental en el que un águila comía peces, serpientes y otros pájaros.

—Cuando crezca, quiero saber montones de cosas más —dice Nadia, agarrándole la mano a Carla.

—¿Como qué? —Carla mira la mano de Nadia y sonríe.

—Cómo funcionan las ciudades. O de dónde sale la luz, por qué tuberías. O cómo se mantienen en pie las paredes. Me gustaría saber cómo se construyen los puentes. Todas las cosas que damos por sentadas. Los mecanismos ocultos. Las matemáticas de las cosas.

—¿Las matemáticas de las cosas? —repite Carla riéndose—. Dos y dos son cuatro. Diez y diez son veinte.

—¿Como de qué mezcla está hecho el pavimento? ¿O nuestro aliento? —pregunto yo.

—Sí, eso —confirma Nadia—. Y las estrellas. Y el agua. Y nuestros corazones. El amor.

—Y también quieres saber cómo se hacen los bebés, ¿verdad? —dice Carla entre risas.

—Quiere saber cómo y cuándo cambia de dirección el viento —digo yo—. Y qué le sucede a tu cerebro cuando gritas.

—Cómo funciona la oscuridad —añade Nadia—. O el vacío.

—Todo eso aparece en Google —responde Carla—. No tiene nada de especial.

Le suelta la mano a Nadia y esta pierde el brillo en la mirada.

—Ay —se queja—. Has echado a perder la magia.

Sí que ha echado a perder la magia.

Es tan temprano que el centro deportivo parece desierto. Recorremos los pasillos de techos altos y luces tenues y entramos en el primer gimnasio, que sigue a oscuras. Las anillas cuelgan sobre nuestras cabezas. El eco de nuestros pasos rebota en la quietud del espacio. Mientras lo atravesamos para llegar hasta nuestro puesto, oímos al equipo chino en el segundo gimnasio. Seco. Rápido. Terrible.

—Putos perros —dice Carla apretando los dientes.

Sé que está enfadada porque cree que ella es diferente, pero sé que yo estoy enfadada porque somos todas iguales. Las rumanas. Las chinas. Las francesas. Las italianas. Chicas del mundo.

Avanzamos en dirección al ruido y a los gritos. También oigo a alguien llorar, de modo que miro a Nadia y a Carla. Es evidente que ellas también lo oyen. Tengo los pies de madera, de piedra, de pegamento. De todos los errores que nos han traído hasta aquí.

—¿Vamos a mirar? —susurra Nadia.

—No sé —respondo—. Si nos ven, nos matarán.

—Mejor dicho, si las ves, te suicidarás —dice Carla—. Tendrás pesadillas durante un año entero.

Carla y yo miramos. Aprieto los dientes y siento náuseas de inmediato.

Los gritos proceden de dos chicas y dos chicos. La cara de su entrenador, de pie frente a ellos, chorrea sudor y en la frente tiene arrugas gruesas, como cortes. Así debe de ser la cara de alguien que está a punto de sufrir un ataque al corazón. La cara de aquel mítico entrenador Florin debía de ser justo así. La cara de Alex cuando tiene el pene duro también se parece bastante.

Nadia se abre paso entre nosotras, para que las tres podamos ver. Me pego a ellas, mientras las chicas chinas reciben bastonazos en la espalda y los chicos los reciben en el torso. Percibo su dolor. Un cuerpo, un corazón. Un gran bastonazo en todos nuestros pechos. Un gran bastonazo en todas nuestras espaldas. Lo noto en la tripa, pero también en las partes donde aterriza el bastón y, si la cara del entrenador es la de alguien que está a punto de morir, por favor, que suceda en este preciso instante.

El entrenador los coloca en la posición del pino puente y empieza a darles patadas en los pies y en las manos para que se caigan. Y claro que se caen. Pino puente, patada, caída. Pino puente, patada, caída. Oímos el sonido de la respiración entrecortada y ahogada, el ruido de los pulmones al estrellarse contra el suelo. Veo sus magníficas puntuaciones en el marcador a lo largo de la última semana. Después, otra vez el bastón.

—¿Por qué? —pregunta Nadia.

—Deben de haber hecho algo malo —respondo.

—Espabilad —dice Carla—. Así es como entrenan siempre. Así es como son buenos atletas.

El entrenador se vuelve hacia la puerta. Tiene la frente empapada y sigue gritando. La expresión del rostro de sus gimnastas no se altera pese a los gritos, pese a las caídas y los bastonazos. El entrenador debe de tener el cerebro a punto de explotar. Se pone aún más rojo mientras le retuerce el brazo a uno de sus atletas.

—Este hombre tiene que morir —dice Carla—. Tienen que morir todos.

Nadia la mira y sé que ha empezado a ver cosas. Ahora, en su cabeza, ese hombre ha muerto.

Uno de los chicos cae al suelo. El entrenador corre hacia él tan rápido que creo que va a darle un puñetazo. En su lugar, le obliga a realizar el pino y, en cuanto alcanza la posición vertical, lo empuja hacia el suelo. Otro pino. Y otra vez al suelo. Lo hace unas veinte veces, quizá treinta.

—¿Cómo van a poder competir hoy? —pregunto.

—Quizá esto sea justo lo que creen que necesitan antes de las competiciones —responde Carla.

El chico nos mira. Yo cierro los ojos con la esperanza de desaparecer. Con la esperanza de cambiar el telón de fondo de mi vida y esfumarme de aquí. Pero vuelvo a abrirlos y el chico, ahora haciendo el pino, sigue mirándonos y yo no estoy en Los Ángeles ni en Bangkok. Con los ojos muy abiertos y la espalda muy recta, justo delante de mí. Me dedica ese tipo de sonrisa que uno le dedica a los jueces. Amplia, perfecta. Y me sonríe más aún. Hasta que nos vamos corriendo.

Casi sin aire, llegamos al gimnasio principal y nos quitamos el chándal. Lo metemos en nuestras mochilas y escondemos estas debajo de las sillas. Cuando me incorporo, veo a Carla besándole los ojos a Nadia. Me mira.

—¿Tú también te has asustado, Martina? ¿Necesitas un beso?

Asiento, así que me abrazan. Y me besan los ojos. Me zafo de ellas todo lo rápido que puedo y empiezo a dar vueltas al gimnasio corriendo. Noto que la respiración me lleva oxígeno hasta las rodillas, me llena el pecho y me afloja los hombros. Aumento la velocidad, mi corazón también lo hace, y noto la velocidad en la sangre. Enseguida Carla y Nadia ya están corriendo cerca de mí. Empezamos a saltar, a estirar y, cuando llegan Anna y Benedetta, junto con Alex y Rachele, ya estamos en un estado de concentración plena, dentro de nuestras cabezas, unas buenas chicas haciendo sus ejercicios. La imagen de un entrenador chino enfurecido no puede destruirnos. Y, en realidad, nada puede tocarnos. Hemos calentado, tenemos la espalda empapada de sudor, la adrenalina circula por nuestras venas. Ya hemos borrado todo lo que es malo de nuestro disco duro. Se encienden las luces haciendo un fuerte clic, los demás equipos ocupan sus secciones del gimnasio y así comienza el día.

—Me encanta la gimnasia —dice Carla.

Y nos reímos porque es verdad. Sigue siendo nuestro sueño.

Cuando entra Karl, estamos en el potro y el público ya ha llenado las gradas para la final individual, donde los mejores gimnastas compiten entre ellos para ganar medallas en cada aparato. Pese a nuestras posturas, Carla debe de haberle percibido entrar, quizá con los omóplatos, porque estoy justo delante de ella y veo que le cambia la cara. A Nadia también le cambia la cara, pero ninguna de ellas cede a la tentación de mirarlo.

Yo sí, porque puedo. Karl está triste. Es guapo, bajo y está triste.

Le veo hacer ejercicios en las anillas y su ejecución es impecable. Tiene los brazos rectos y fuertes. Le miro las manos y las recuerdo acariciándoles las piernas a Nadia y a Carla. Me queda clarísimo por qué una querría huir con él de noche para ver una Rumanía que parece París, y por qué resulta tan difícil dejar de desear esas manos, esos ojos. Miro a Carla, que ahora está calentando en las barras, totalmente concentrada para su día como campeona. Guarda silencio y, por primera vez en años, Nadia parece tener pleno control sobre su cuerpo. Ahora que ha recuperado a Carla, y que a Carla ya no se le permite pronunciar la letra *K,* parece tranquila. Su barbilla apunta hacia arriba y estoy convencida de que, a partir de hoy, su corazón también ha adquirido una forma nueva.

Quizá la forma de la luna.

Karl está observándolas, sobre todo a Carla, a cada ocasión que tiene. Estoy segura de que no entiende qué es lo que hay entre Nadia y ella. Ni qué es lo que le ha expulsado a él de la ecuación. ¿Cómo iba a entenderlo? ¿Cómo iba a entender su único cuerpo y su único corazón, lo del cucu amarillo y su decisión sobre la letra *K*? Ni siquiera sabe que llevan compartiendo cama desde que tenían cuatro años, ni que tienen una magia particular que resulta de vital importancia para todo el equipo. Es incapaz de entender que nada puede interponerse entre Nadia y Carla sin acabar espachurrado. Y, si no sabe nada de eso, ¿cómo iba a entender que Nadia se ha convertido en la jefa de la noche a la mañana? La que pone las normas. A quien hay que complacer y cuyo corazón ahora ha adoptado la forma de la luna. Si una se fija con detenimiento, Karl no es tan guapo cuando está triste, lo cual en sí mismo resulta interesante. Tiene los hombros caídos y los ojos ligeramente inclinados hacia abajo. Todavía odio a Rachele por decirme: «Sonríe, Martina, que estás más guapa», pero ahora la entiendo, gracias al facilísimo ejemplo de la tristísima cara del tristísimo Karl.

Carla está tan segura de sí misma que convence a Rachele para añadir el Produnova en el potro. Me la imagino paralítica —mejor eso que ser una perdedora, según sus propias palabras—, pero no tenemos tiempo para imaginar su vida en una silla de ruedas, porque ya está ejecutando su salto con tanta elegancia que parece que tuviera alas. Los espectadores en las gradas responden con suspiros de asombro y un gran aplauso. Entre la multitud, las niñas pequeñas que quieren ser como nosotras y han venido con sus padres y amigos están todas asombradas. En otra época también yo fui una de esas niñas.

—Me encanta la gimnasia —repite Carla.

Y todas lo repetimos también.

Con su puntuación de 15,6 en el potro, queda segunda por detrás de Angelika y conquista la plata en el podio. Yo las miro desde el octavo puesto y trato de sentirme orgullosa de mí misma incluso ahí, donde no se entregan medallas, pero las sonrisas siguen siendo necesarias. El octavo lugar para mí es genial, me digo. «Me encanta este ocho», repito. Y me encanta la gimnasia.

Carla lo hace a la perfección en las barras, tan precisa y tan rápida que obtiene la tercera posición en el podio. Sonríe. Saluda. Tanto Nadia como ella realizan un ejercicio de suelo fantástico. Obtienen puntuaciones de dificultad altas y su ejecución es impecable. Pero Carla vuelve a quedar segunda y Nadia tercera. Angelika, con su gimnasia que es la belleza y la magia en sí misma, siempre se sitúa en lo más alto.

—Que se joda esa zorra —le oigo decir a Carla, mirando a Angelika—. La quiero fuera de mi vida.

Se recompone y se va con Nadia a la barra de equilibrios, segura de sí misma y optimista, posiblemente hasta el fin de los tiempos, amén. Pero, por muy bien que lo hacen en la barra, no logran vencer a Angelika. Y su rabia es tan inmensa que, incluso a pesar de que yo también lo hago muy bien en la barra y siento la alegría en los pies —e incluso a pesar de que tengo las manos y los hombros fuertes y conservo una postura elegante—, nadie se da cuenta. No hay tiempo para reconocer mi mérito ni tampoco la mediocridad de la vida. Digerimos rápidamente las decepcionantes puntuaciones de Benedetta, una detrás de otra, y tratamos de alegrarnos de que hoy, en las pruebas individuales, su presencia no afecte al equipo. Hoy competimos por nosotras mismas en todos los aparatos y ganamos o perdemos por nosotras mismas en todos los aparatos. Mientras Carla aguanta las lágrimas en el podio al recibir su medalla de bronce, yo acabo en quinto lugar en un campeonato internacional por primera vez en mi vida y, por primera vez desde que llegamos a Rumanía, Rachele me dedica una sonrisa genuina. Me merezco una sonrisa. Soy fuerte. También puedo ser guapa. Soy la pionera de mi presente y de mi futuro.

Cuando ya hemos acabado todas, nos quedamos en el gimnasio un poco más, para ver las notas finales de los demás equipos. Van apareciendo en el marcador una detrás de otra, un aliento detrás de otro.

—Puta —dice Carla, viendo cómo Angelika gana sus tres medallas de oro y una de plata—. Puta, zorra, cabrona.

Pero logramos celebrar sus dos platas y sus dos bronces de todos modos, y logramos abrazar a Nadia por su bronce en las barras. A fin de no obsesionarnos con Angelika, también decidimos odiar para siempre a unas cuantas chicas chinas que nos han robado el puesto en el podio y por la misma razón despreciamos a una húngara. A mí también me abrazan, por mi buena puntuación en la barra de equilibrios y por mi sólida ejecución general. Las Inútiles han fracasado inútilmente, pero no lo han hecho tan mal como las españolas y eso, por hoy y quizá para siempre, es más que suficiente.

—Os quiero, chicas —dice Rachele..

—Y nosotras a ti —le decimos todas.

Después de comer, vamos a darnos un baño de hielo. Por la tarde no tenemos entrenamiento, para no estar demasiado cansadas mañana en la final general. Nadia y Carla se meten juntas en la bañera mientras yo me miro en el espejo. Si hoy he estado a punto de lograrlo, ¿mañana estaré espectacular? ¿O fracasaré y a lo más que podré aspirar en la vida será a quedar siempre en quinta posición?

—¿Puedes meterte en el hielo si tienes la regla? —pregunta Nadia.

—Por supuesto —responde Carla—. ¡Aunque puede que la sangre se convierta en hielo!

Murmuran un brrr por el frío y sueltan algunas palabrotas mientras se sientan en la bañera, con los dientes apretados.

—China es más fuerte que nunca —comenta Carla.

A estas alturas de la película, ya solo podemos hablar de la competición. Evaluamos, estimamos. Odiamos y maldecimos. Elogiamos e insultamos, calculamos y anhelamos. La manera en que se calculan las puntuaciones ha cambiado tantas veces que las cuentas se han complicado bastante. Así que Nadia y Carla se ponen a ello.

—Tengo que sacar un 14,70 en todos los aparatos —añade Carla—. 14,90 para alcanzar la gloria.

—Yo tengo demasiada competencia en la barra de equilibrios. Y me da miedo quedarme atascada.

—Tengo que destrozar a esa zorra. ¡No me la consigo quitar de encima, joder!

—Khorkina: Campeona mundial en las finales generales de 1997, 2001 y 2003. Campeona europea en 1998, 2000 y 2002.

—Nadia pasa a recitar todas las victorias y puntuaciones de Khorkina como si los números fueran un poema. Un mantra. Una rima.

—¿Por qué coño dices eso? ¿Qué pasa con lo de usar la *K*?

Al mirarme la cara en el espejo, advierto un par de granitos y algunas arrugas nuevas bajo los ojos. Me imagino de vieja, llegando a los cien años. Me muerdo los labios, porque Carla nos ha dicho que es una forma excelente de engordarlos y hacer que parezcan más carnosos, más suaves y más rojos. Es un buen truco. Me trenzo el pelo mientras ellas se frotan la cabeza y el cuello con hielo. Lo peor del frío debe de haber pasado ya, si son capaces de jugar con los cubitos; la espalda es la parte del cuerpo que más duele con el hielo. Luego viene la cabeza. Luego viene el placer.

—¿Y si me corto el pelo? —sugiero.

Nunca antes se me había ocurrido. Tampoco había pensado que pudiera cortarme el pelo sin mi madre.

—¡Gran idea! —exclama Carla.

En un solo segundo, sale de la bañera, se envuelve la cintura con una toalla y saca unas tijeras de su bolsa de maquillaje. Tiene los pezones de punta aun sin el tratamiento de la cinta celo. Me sienta sobre la taza y Nadia nos observa con una media sonrisa.

—¿Cómo lo quieres?

—Corto —respondo.

Carla me corta las trenzas sin dudar. Sonríe, así que yo también sonrío y contemplo mi pelo en el suelo, todavía rojo, aunque ya no sea mío. Y ya no está ardiendo. He tardado años en dejármelo largo y, en menos de un minuto, he decidido librarme de él. La escoba que utiliza mi madre en la peluquería lo barrería del suelo del cuarto de baño en un abrir y cerrar de ojos.

Carla sigue cortando y, llegado este punto, ya no hay nada que yo pueda hacer. Nadia sale de la bañera y pregunta si puede cortar ella también. No soporta que Carla toque a otra persona, y me doy cuenta.

—¿Qué opinas, Martina?

—Por mí bien —respondo.

—Es como un pacto de sangre —dice Nadia—. Pero con pelo.

Agarra las tijeras y se pone manos a la obra. Carla termina de echarse crema en las tetas diminutas, en las piernas magulladas y en el culo. Se cepilla el pelo, que ahora me parece larguísimo y valiosísimo, y de vez en cuando se acerca para supervisar la operación. Nadia está cortando superdespacio. Noto que las puntas de las tijeras me acarician el cuero cabelludo, después el ruido del metal al cerrarse y un pelillo muy corto que me cae sobre los hombros.

Es un movimiento tierno. Me gusta.

Cuando ya han terminado, me sacuden el pelo del cuello con una brocha de maquillaje. Dan un paso atrás para observarme, ladean la cabeza, primero a derecha y después a izquierda. Me quedo mirándolas con la esperanza de ver una sonrisa. Pero todo parece suceder a cámara lenta cuando veo que parpadean.

—¿Y bien? —pregunto.

Creo que Rachele me va a matar. Todo el mundo se fijará en las calvas que me han dejado Carla y Nadia. Pareceré una loca y probablemente suban a internet fotos de mi cabeza de loca. Sea lo que sea lo que haga en la vida, cualquiera que sea mi telón de fondo, Vietnam o Laos, la gente lo sabrá. Se acordarán. «Esa es la gimnasta loca, ¿verdad?», dirán. Me toco la nariz dos veces, pero no la percibo bajo las yemas de los dedos. A la tercera, la nariz ya vuelve a estar en su sitio.

—Estás guapísima —me dice Nadia.

—Preciosa —confirma Carla—. Como una superestrella.

Me miro al espejo mientras Nadia pasa los dedos por mi pelo puntiagudo. Me estremezco, porque no distingo a ninguna superestrella ahí delante. Nunca he visto a una chica con el pelo tan corto como el mío y probablemente será por algo. Me lo toco y me hace cosquillas en la palma de la mano, como la moqueta beige de casa, que me hace cosquillas en los pies. No estoy guapa y mi nariz parece diez veces más grande. Ojalá hubiera desaparecido de verdad, por mucho que la buscara con los dedos. Quiero contárselo a mi madre, de inmediato. También quiero decirle: «A lo mejor, si te cortas tú también el tuyo, dejarás de soñar que tienes pelo en la boca».

Se me llenan los ojos de lágrimas.

—¿Por qué lloras? ¿Has cambiado de opinión? —me pregunta Carla.

—En absoluto. Me encanta.

No lo soporto.

—Tú sí que nos encantas —dice Nadia.

Lo más probable es que tampoco me soporten.

—Pues asunto resuelto —zanja Carla.

Y una vez más fingimos que, solo porque alguien diga que un asunto está resuelto, de verdad lo está.

A las siete vamos a nuestra sesión de fisioterapia y me complace darme cuenta de que mi nuevo pelo hace que me sienta más segura. Más fuerte. De modo que me adentro en el campo de batalla con una determinación renovada. La de la guerra. Y, con el tiempo, la de la paz.

—¿Qué ha ocurrido? —pregunta Alex al verme el cráneo afeitado.

Me tumbo bocabajo. Él saca la crema. Se me cierran los pulmones y desaparece el aire de la habitación. Se echa crema en las palmas de las manos. La amplitud de mi dolor es tan enorme que de pronto percibo su poder. Con un grito podría romper las paredes. Con mi agonía, podría hacer que el hotel entero se desintegrase y quedase reducido a escombros. Luego ya me encargaría del resto del mundo.

—¿Quieres hablar de ello? —me pregunta.

—Cállate —respondo.

Mientras le oigo masajearse las manos, pasándose el líquido blanco de una a otra, cojo aire y desconecto, supongo que preparándome para la apnea. Dentro de dos segundos esas manos tocarán mi cuerpo. Un segundo. Noto que la presión va aumentando en mi cráneo. Mi diafragma se tensa.

—Relájate —me dice—. Está todo bien.

—Y una mierda. Que te jodan —le digo.

Me levanto. Lo miro, enfrentándome al monstruo cara a cara. La habitación se mueve. La cabeza me da vueltas. Con el aliento dejo escapar mi terror y su terror, mi dolor y su horror, sin bajar la mirada ni una sola vez.

—¡Que te jodan! —grito de nuevo.

—Martina —dice él.

No volveré a escucharlo nunca más. No puede volver a decir mi nombre nunca más. Me alejo, cierro la puerta y cierro mi corazón, con la certeza de que jamás volverá a tocarme. Si lo hace, lo mataré.

Me voy directa a la reunión individual que tengo programada con Rachele. Cuando nos alojamos en un hotel, nos convoca una a una a su habitación, donde cambia el mueble de la tele para que parezca un escritorio de oficina. Coloca una silla a cada lado y nos invita a pasar, diciendo: «Adelante. Me alegra mucho poder verte a solas unos minutos». Pero hoy, según entro, se queda helada. No tiene guion. Se le borra la sonrisa de la cara al levantarse de la silla.

—¿Qué te has hecho en el pelo?

—¿Me he cortado las puntas?

—Martina, eso no son las puntas, te lo has destrozado. ¿Ha sido Carla?

—He sido yo.

Guarda silencio durante unos segundos. No entiendo si siente pena por mí o si está a punto de enfadarse y gritarme. Sea lo que sea lo que venga a continuación, puedo soportarlo. Sea lo que sea, mi agonía lo pulverizará, así que la duda no me inquieta en exceso. Veo el bastón del entrenador chino e imagino que se lo da a Rachele para que me pegue. Después me imagino a mí pegándole a ella. Me centro en sus muslos grasientos y espero que no se ponga a llorar. Las emociones son lo peor.

—Me siento mejor con el pelo corto —explico.

Al ver que sigue sin decir nada, lo repito, esta vez en voz más alta:

—Me siento mejor con el pelo corto. Y me siento más fuerte.

Fuerte es la palabra adecuada para emplear con ella. Incluso aunque puede que haya hecho una estupidez, mañana tengo mi competición más importante hasta la fecha y, si cortarme el pelo hace que me sienta más fuerte, entonces tendrá que apoyarme. El lunes ya podrá sermonearme. También podrá decirme que soy estúpida, tonta y horrible. Pero ahora tiene que decirme que sí que parezco más fuerte y que cree en mí.

Me mira con atención. Se acerca y estudia el pelo de mi nuca.

—Desde atrás queda fatal. Como si alguien te hubiera comido el pelo.

Rebusca algo en el cuarto de baño y entonces sale con unas tijeras para las uñas. Pienso en las uñas de sus pies, duras y un poco amarillentas. Pienso en su piel cuando me abraza, el olor que deja. Me humedece la cabeza con agua del grifo y me arregla el corte de pelo lo mejor que puede.

—Es cierto que pareces fuerte, Martina.

—Lo noto. Y también me siento más segura.

Se detiene. Ambas sabemos a qué me refiero. Pero, una vez más, decide no hacerme caso. O decir algo en voz alta. De pronto me pregunto si en realidad sí acudió a las altas esferas y lo contó todo sobre Alex, me pregunto si ella también estará esperando a que suceda algo. A lo mejor incluso acudió a la policía, pero, por alguna extraña razón, la policía se puso del lado de Alex. Razones de esas que se encuentran en Twitter, bandas secretas de pedófilos que ocupan cargos de poder y el FBI, el Vaticano y la Casa Blanca forman parte de ello.

—Está bien sentirte fuerte y segura —murmura—. Es genial, la verdad. Mañana tendrás que recordarlo. Y recuerda que puedes lograr cualquier cosa si te la propones de verdad.

La escucho y sé que le repetirá esa misma frase al equipo hasta las ocho de esta tarde. Sé que ella también ha vuelto a su guion y quiere ayudarnos a dormir, a competir, a estar serenas. A ganar. También sé que, cuando acabe el día, llorará, comerá demasiado chocolate, beberá demasiado vodka, porque al fin y al cabo nunca ha sido una campeona, ha fracasado en todo, así que estas palabras no le han funcionado.

—¿Carla y Nadia han sido amables contigo esta semana?

—Por supuesto. Muy amables.

—¿Por qué se pelearon?

—La verdad es que no lo sé.

—¿Las has visto hacer las paces?

—No.

—¿Te importa hablar de ello?

—Es aburrido.

Rachele se traga mi desplante y yo me paso las manos por mi pelo de chica fuerte.

Mañana es domingo, y el domingo es el primer día de la revolución. Seré limpia y precisa en los ejercicios. No me caeré de la barra de equilibrios ni tendré miedo. Agarraré las barras asimétricas con fuerza y ejecutaré giros impecables, y agarres y saltos. Cuando termine mi rutina perfecta, sonreiré y derramaré una única lágrima mientras me paso la mano por el pelo supercorto. Por el cráneo superfuerte. El gesto, esa caricia sobre el cráneo, con la cabeza echada hacia atrás y los ojos mirando las luces de neón, se convertirá en mi nuevo truco de magia. En mi seña de identidad. Llevo siglos buscando una.

Cuando éramos pequeñas, hacíamos competiciones en colchonetas dispuestas a lo largo. En fila, una detrás de otra. El ejercicio de suelo no incluía diagonales. Pasábamos los domingos en maillot y deportivas, tomando refrescos y patatas fritas. Siempre había máquinas expendedoras en los gimnasios y nos gustaban mucho, pese a que por entonces también nos estaba prohibido engordar. A veces mi madre venía y a veces trabajaba o se quedaba durmiendo. Cuando venía mi padre, yo no lo miraba como otras chicas miran a sus padres antes de una competición. Los padres de Carla siempre venían y los padres de Nadia, bueno, su única figura paterna, que era su madre, casi nunca venía. Nadia solía decir que su madre se alegraba de que las competiciones se celebraran en domingo porque así podía pasar al menos un día entero de la semana sin ser madre. Los domingos invitaba a sus amigas a casa, o salía a montar en moto con su grupo y hacía cosas divertidas, que desde que cometió el error de tener a Nadia tan joven, y Nadia seguía siendo pequeña, ya apenas podía hacer. Aquello nos enseñó que ser madre no es necesariamente bonito y que es posible desear alejarte todo lo posible de tus hijos. Pero también nos enseñó que algunas madres tienen grupos de amigos y montan en moto, beben cerveza y se ríen de verdad.

En una ocasión la madre de Nadia sí que vino a vernos competir y Nadia no lo hizo tan bien como de costumbre. Estaba recuperándose de una tendinitis en el pie izquierdo. En los meses anteriores, habíamos entrenado sin descanso y cada una de nosotras había reaccionado de manera distinta a los castigos que soportaban nuestros cuerpos. Benedetta y Anna, por ejemplo, habían empezado a tomar laxantes para perder peso. Carla había experimentado su primer revoltijo: se había desorientado mientras ejecutaba un giro en el aire, lo cual nos aterrorizó. Caterina había sufrido todas aquellas fracturas y había abandonado el equipo. Yo había empezado a hacer las cosas dos veces, y así sucesivamente.

La madre de Nadia se había quedado impresionada de igual forma porque hacía siglos que no veía a su hija hacer gimnasia. No creo que supiera realmente lo que significaba e implicaba hacer gimnasia. No se daba cuenta de lo buena que se había vuelto Nadia y de lo complicadas que eran sus habilidades. Entró en el vestuario mientras nos estábamos duchando, nos dio la enhorabuena y, mientras yo me aclaraba el champú del pelo, vi lágrimas de felicidad en las mejillas de Nadia. O quizá fue solo el agua de la ducha.

—Qué pequeñas sois todas —dijo su madre, mirándonos bajo los chorros de la ducha—. ¡Y qué monas!

Lo dijo como si acabara de ver unos cachorros de perro. Nadia se vistió y sonrió porque hacía un domingo precioso y sí que era pequeña y mona. También era buena y recibía muchos cumplidos. Su tendinitis iba mejorando y ahora que su madre había ido a verla, todo había merecido la pena. Carla se acomodó en el regazo de la madre de Nadia para que le cepillara el pelo y Nadia se lo cepilló sola. Yo sentí celos. Su madre era muy guapa y a mí también me habría gustado acomodarme en sus brazos. Era tan guapa que, durante semanas, albergué la esperanza de que regresara. Pero nunca lo hizo.

Antes de cenar llamamos a casa. Para ser exactos, enviamos tres mensajes desde nuestras tres camas al mismo tiempo a nuestras madres o padres y, unos segundos más tarde, nos suenan los teléfonos, cada uno con su propia melodía. La mía me da vergüenza, es la sintonía de unos dibujos de Mickey Mouse que veía cuando tendría unos ocho años y que ahora, por pura superstición, no me atrevo a cambiar.

—Aquí está lloviendo —me dice mi padre.

—Aquí está nevando.

—¿Cómo estás?

—Me gusta Rumanía. Estoy bien.

—¿Habéis vuelto a salir por ahí desde lo del centro comercial?

—Hemos estado ocupadas entrenando.

—Esta noche nos vamos a dar un capricho y vamos al cine.

Sé que está mintiendo, pero no quiero echarle a perder la ilusión. Tomo aire. Lo dejo escapar. Tendrá que inventarse una trama falsa y unas críticas falsas para la película falsa.

—Mañana —dice—. ¡El domingo de la revolución!

—¿Crees que ya habré estado en Rumanía en una vida anterior? —le pregunto—. Me siento bien aquí.

—Tendremos que consultar a las cartas —responde entre risas—. Pero mi instinto me dice que sí, desde luego.

—Eso me parecía. Veremos juntos los vídeos cuando regrese, ¿vale?

Antes pasábamos veladas enteras en casa, y a veces tardes enteras en el gimnasio, viendo los vídeos de las competiciones. Cada vez que me veo a mí misma, vuelvo a tener miedo de caerme, como si no supiera ya el resultado. Imagino que me tuerzo el cuello contra el suelo y me tienen que sacar en camilla.

—Mira qué piernas tan rechonchas —decía Carla siempre que se veía en vídeo—. En cuanto hayamos acabado con la gimnasia, ¡tenemos que ir directas a hacernos unos arreglitos!

—¿Podrán estirarnos para ser más altas? —preguntaba Nadia.

—Y puede haber cámaras que nos graben mientras se modifica nuestra altura y nuestro peso. Pero es demasiado tarde para combatir la osteoporosis.

—Nos iba a salir de todas formas al llegar a los cincuenta. ¿Qué más da tenerla a los catorce?

Ya desde el principio, cuando Carla entrenaba o cuando algún ejercicio no salía como ella quería, siempre fue la más diligente de todo el gimnasio. No hablaba, mantenía la cabeza agachada y la mandíbula apretada. Era capaz de repetir su rutina más veces que las demás, como si no se le permitiera marcharse ese martes, ese miércoles, sin haberse esforzado al máximo y sin haber encontrado una solución al problema. Y al día siguiente, nunca se sentía cansada, pese al esfuerzo que había hecho. Empezaba otra vez desde el principio, descansada y atenta. Con la cabeza agachada, los abdominales apretados, los ojos concentrados.

—Buena chica —le decían siempre Rachele y los demás entrenadores. Y Carla decía que sí con la cabeza.

Sabía que era una buena chica.

Hoy cenamos tan temprano que ni siquiera ha oscurecido aún. Rachele nos da un discurso de equipo y, por un segundo, me preocupa que vaya a decir «amén» al finalizar. Gracias a Dios, no lo dice, y se sirve una cerveza. La veo levantar una copa hacia los demás entrenadores. Algunos le devuelven la sonrisa, pero probablemente a todos les parezca patética. Alex está hablándole a otro fisioterapeuta sobre algo que ha leído. «Sobreentrenamiento», creo oírle decir mientras veo a los jueces sentados ellos solos a una mesa.

¿Se intercambiarán algunos de ellos nuestras fotos desnudas? ¿Cuántos de ellos son buenos y cuántos son malos?

—Anna, ¿ves lo guapa que se ha puesto Martina? —pregunta Carla.

Anna me mira a los ojos para adivinar si para mí ha sido un castigo o si estoy contenta con mi corte de pelo.

—Sería aún más dramático si lo hicieras tú —le dice Carla—. ¡Pódate toda esa lana!

—Lo pensaré —murmura Anna.

Mientras Benedetta finge leerle la palma de la mano a Anna y predecir su futuro, entra Karl y se acerca a nuestra mesa. Yo bajo la mirada y me quedo mirándole las piernas hasta que se sitúa justo a mi lado. Nadia y Carla contemplan el vacío que hay junto a él, invisibilizándolo al instante. Hace unos segundos, tenía un cuerpo, pero ahora es un fantasma. Por arte de magia.

—Huele fatal —dice Carla—. A gente de países desfavorecidos.

Cuando dice «desfavorecidos», pone los ojos en blanco para enfatizar su aversión. Alguien debería detenerla. Y combatir todo el mal que lleva dentro. Pero no lo hacemos. Nos plegamos a sus palabras pese a que no nos gustan. Pese a que sabemos que están mal y son asquerosas. Así es como funcionan la mayoría de las cosas malas de la vida. Se cuelan sin encontrar resistencia alguna.

—Sí, y a enanos —añade Nadia.

—Yo huelo a pobreza, a enanos y a espinillas —continúa Carla.

—Yo huelo a pobreza, a enanos, a espinillas y a perdedores.

—Y a demasiadas pajas —concluye Carla en voz baja.

No sé si Karl entenderá algo de eso. Pero, incluso aunque no hable ni entienda nuestro idioma, el tono de voz de Carla y de Nadia es tan cruel que se da la vuelta y se aleja. Las palabras se quedan un rato dándome vueltas por la cabeza a mí también. Son como pegamento y tienen unos filamentos tan pegajosos que no se me despegan de la frente ni de los ojos. Ahora solo alcanzo a ver a un enano con espinillas en una habitación pobre haciéndose pajas tras perder una competición. Tal es el poder de la voz de Carla.

—¡Muerte a la letra *K*! —dice Carla.

—¡Muerte a la letra *K*! —repite Nadia.

Esa noche ordenamos nuestra habitación y tiramos las latas de Fanta y de Coca-Cola, nuestras notas, la basura. Doblamos parte de nuestra ropa. Vemos si tenemos pelos en la zona del bikini y en las axilas. Nadia vuelve a ver la sesión de entrenamiento china, que grabó en secreto, mientras Carla nos hace un test sobre fobias. Pregunta: «¿Crees que, si realizas determinadas acciones (como contar, comprobar las cosas una y otra vez o llevar a cabo conductas rituales para ahuyentar la mala suerte, etcétera), podrás cambiar tu destino?», y algo dentro de mí se muere un poco. Sí que creo que, al contar en mi cabeza, puedo cambiar mi destino. Resulta que Nadia y yo sacamos entre setenta y siete y noventa y ocho puntos en el test, lo cual no está bien.

—¡Qué pena! —dice Nadia con una sonrisa.

Colgamos nuestros maillots rosas de competición y los veneramos como si fueran nuestros dioses. Nos arrodillamos delante de ellos, riéndonos, y rezamos a la nieve y al frío, a Rumanía, a nuestra patria, y entregamos nuestra alma al diablo, a Khorkina pese a la letra *K,* a Nadia Comaneci y a quien sea que pueda quererla, a cambio de una victoria aplastante.

—Para ganar, para ganar, para ganar —susurramos.

—¡Vamos, vamos, vamos! —gritamos.

Carla se va al cuarto de baño y Nadia y yo nos acercamos a la ventana para ver si podemos ver un lobo de la suerte. O a Angelika, lo que viene a ser lo mismo. Ahí abajo el oso padre y el oso hijo con sus abrigos siguen quitando nieve con la pala.

—Gracias, Martina.

—¿Por qué?

—Por no contárselo a nadie —me dice Nadia—. Por protegernos a Carla y a mí, y nuestros secretos.

—Tampoco habría sabido qué contar.

Y Nadia, agradecida y tierna, me cuenta que ama a Carla y que Carla quiso besar a Karl y empezaron los tres a tocarse entre ellos, pero entonces Carla dejó de tocarla a ella y no podía quitarle las manos de encima a Karl. Nadia se puso tan celosa que le entraron ganas de morirse.

—El idiota de Karl. Espero que sea él el que se muera de verdad —me dice.

Me parece a mí que es demasiada la gente que esperamos que se muera.

Nadia me explica que en realidad nunca le ha gustado Karl, que solo fingía que le parecía guapo; bueno, me dice que sí que es guapo, pero que a quién le importa. Lo hizo para provocar a Carla. Para acercarla a ella. Para acercar a su único amor. Pero la cosa se fue de madre.

—Ahora ya está todo bien. —Se gira hacia mí y me pasa una mano por la cabeza—. Carla solo me quiere a mí y no hay lobos ni Karls ahí fuera.

Se va al cuarto de baño y entra a ver a su único amor. Yo me apresuro a quitarme la ropa y me pongo la camiseta para dormir, aprovechando el hecho de que estoy sola y no hay nadie que pueda verme la creciente celulitis ni las caderas de enana. Me tumbo en la cama y apago la luz del techo. A través de la ventana distingo al menos un millón de estrellas y confío en encontrar yo también a mi único amor. Confío en que nuestro amor sea glorioso. Y juntos recorramos las calles, las carreteras y los caminos del mundo.

—Tengo miedo —oigo decir a Carla en mitad de la noche.

Jamás había oído a Carla decir que tiene miedo. Pero no debo obsesionarme con eso. Si Carla y Nadia no pueden dormir ni siquiera la noche anterior a nuestra competición más importante, por mí bien. Pero sé que a mí las piernas se me convertirán en gelatina y notaré el cosquilleo en las manos. Así que debo dormir. Debo hacerlo bien mañana. Es mi gran oportunidad para que se fijen en mí. Para hacerlo aún mejor que hoy. Para aspirar a las Olimpiadas.

—No tengas miedo —le dice Nadia—. Yo te protegeré para siempre.

—Si esa gorda sucia y asquerosa se hubiera muerto esta noche… Así el primer puesto sería mío.

Otra más a la que queremos ver muerta. Ya he perdido la cuenta.

—No te preocupes —le dice Nadia—. Puedes hacerlo.

—Sí, pero, si ella no estuviera aquí, todo sería más fácil. Para mí y para el equipo.

—Ganarás de todas formas.

—Eso no lo sabes.

—Sí que lo sé. Eres una superestrella.

—Recuerda solo una cosa —le dice Carla—. Si mañana obtienes más de sesenta puntos, tienes que quitarte la ropa. Delante de todos.

Se ríen.

—Llegar a sesenta sería como encontrar oro líquido.

—Todos te vamos a ver desnuda y eso sí que será oro líquido.

Empiezan a reírse a carcajadas y dicen tonterías sobre el oro líquido y lo que debe de ser que te echen oro líquido por la cabeza y por la espalda. Lo repiten tantas veces que al final yo también acabo imaginándomelo. Noto la cera dorada, brillante y ardiente resbalándome por la espalda, por las piernas, hasta llegar a los pies. Más que cualquier otra cosa, me resulta una sensación curativa. Así que me quedo dormida en paz, lista para enfrentarme al domingo de la revolución, toda cubierta de magia y oro líquido, y no de sangre, como al final acabaría sucediendo.

DOMINGO

La Revolución

—Mírala —dice Carla.

Estiro los brazos y veo un cielo blanquísimo. Es como una hoja de papel y me dan ganas de estirar la mano y escribir: «Hoy es el día de la revolución».

—Martina, levanta y ven a verla.

Carla pega la cara a la ventana, así que hago lo mismo. Con las narices aplastadas contra el cristal y los ojos aún somnolientos, me imagino que alguien nos hace una foto desde el interior del bosque. El hotel en mitad de la nieve, la atmósfera de la competición. Nuestra habitación vista desde fuera. Nuestros ojos vistos desde fuera. La anticipación que nos recorre. El miedo.

—¿Qué?

—¿No la ves?

Cuando termine la última parte de este campeonato y se sumen las puntuaciones de las pruebas generales, las mejores de nosotras, junto con algunas pocas de las mejores perdedoras, conseguirán «asegurar el billete» al siguiente país, a las siguientes clasificatorias y, por último, a las Olimpiadas. Siempre decimos «asegurar el billete» y no soporto esa expresión, porque parece que hemos ganado unas vacaciones pagadas a algún destino cálido con bufé tropical y piñas coladas, cuando en realidad estamos matándonos a trabajar. Con sudor, rabia y dolor.

—Lleva así más de seis minutos —dice Carla.

Espero ver a Angelika, pero miro con atención y es a Nadia a quien veo, haciendo el pino en la linde del bosque, arriesgándose a lesionarse o a pillar frío. Sabe de sobra que podemos verla desde aquí. Y sabe de sobra que no debería estar ahí fuera ella sola. Se le ha caído el plumas por encima de la cara, pero le reconocemos los pies, el chándal y sus características personales en cada centímetro de su cuerpo. Está empapada y sucia. Tiene manchas de barro.

—¿Por qué está haciendo eso? —pregunta Carla.

Me encojo de hombros y me paso la mano por el pelo corto y puntiagudo. Puede que mi madre ya nunca más vuelva a soñar que tiene pelo en la boca, porque a partir de hoy, el domingo de la revolución, determinados hilos y recuerdos, dedos y horrores, están destinados a desaparecer no solo de mi cabeza, sino también de su mente.

—Si se pone enferma antes de que destrocemos a los demás clubes, es que es tonta de remate —dice Carla—. Ha estado fuera toda la noche.

—¿De verdad? —pregunto.

Desde aquí se aprecia que Nadia está temblando. Deja de hacer el pino, nos mira y sonríe mientras saluda con la mano. Corre hacia el hotel y yo vuelvo a tumbarme en la cama. Me siento muy cansada, como si no hubiera dormido un solo minuto. O en mi vida entera. Estoy agotada de tanta palabra, de los lobos del bosque, de que estas dos no hagan más que dar vueltas en la cama y se marchen en mitad de la noche. Miro a Carla y veo que ella también está temblando.

—¿Va todo bien? —le pregunto—. Estás pálida.

—Vamos a estar calladas —responde.

Por mí bien, así que dejamos de hablar. Nadia regresa, deja caer su plumas sucio, se va directa al cuarto de baño y abre el grifo de la ducha. Se queda ahí dentro una eternidad. Cuando sale, está muy callada, así que agradecemos ese silencio, la concentración que necesitamos. Nos arreglamos el pelo —yo tardo cero segundos— y nos maquillamos sin decir palabra. Carla nos pone sombra de ojos a las dos y ellas además se pintan la raya. Yo no lo hago porque entonces lo veo todo borroso.

—¿Qué sucede? —le pregunta a Nadia.

—Todo va bien —responde ella.

Pero sigue rascándose la mano. Después el brazo.

Nos ponemos los maillots, que son demasiado rosas y tienen demasiadas lentejuelas. Los fijamos a nuestra piel con pegamento en espray, preparamos las mochilas, bebemos un poco de agua y nos cepillamos los dientes. También nos lavamos los pies con gran cuidado, en especial las plantas, que hoy más que cualquier otro día no deberían estar sucias.

—Allá vamos —dice Carla.

Y allá vamos.

Rachele está esperándonos en la sala de conferencias del hotel para lo que ella denomina nuestra «sesión de entrenamiento virtual». La sala está casi a oscuras y, en esa penumbra, parece menos deprimente. En el «entrenamiento virtual» no se nos permite siquiera decir hola, así que no lo decimos. Nos limitamos a entrar y ocupar nuestros sitios en el suelo.

Me siento junto a Anna y Benedetta y, junto con Carla y Nadia, cruzamos las piernas. Alex nos mira. Ojalá pudiéramos mirarlo a él en ese mismo segundo y, como el único cuerpo y el único corazón que somos, juzgarlo con tal dureza que se le rompa el corazón, obligarle a arrodillarse y a pedir que lo perdonemos.

Pero no lo perdonaríamos jamás.

Miramos todas hacia abajo, sentadas en este círculo de amor y confianza, y hacemos algunas respiraciones antes de que Rachele empiece con su discurso. Me subo y me bajo la cremallera dos veces, mientras ponemos nuestras caras de concentración. Sabemos que eso es lo que se espera de nosotras y de nuestras caras. Una concentración profunda. Así que eso es lo que aparentamos. La escuchamos mientras nos conduce con sus palabras a un estado de relajación, haciéndonos visualizar un lugar limpio y silencioso, puro y libre de peligros, mientras ascendemos los siete escalones hacia la concentración, para que nuestra mente guíe a nuestro cuerpo. Aquí huele a pis, y me pregunto si llevaré oliendo eso todo este tiempo, desde que salí de casa. O desde el principio mismo de mi vida.

—Vuestro cuerpo es vuestra mente —dice Rachele—. Vuestro cuerpo es el cuerpo del equipo.

Guardamos silencio. Estamos demasiado próximas a la competición como para decir cosas que no tengan nada que ver con eso, o incluso cosas que sí tengan algo que ver. Cuando los miro, Alex y Rachele están muy serios, con el semblante severo y el ceño fruncido. A veces digamos que recuerdo que esos dos trabajan para nosotras, no al revés, y eso me hace sentir que tengo alguna especie de poder. Y de control. Sé que no lo tengo, pero es una manera fácil de librarme del dolor.

Empiezo a contar, inspiro y espiro, y visualizo el calentamiento. Visualizo el gimnasio, como me dice Rachele que haga, bien iluminado y sin gente.

—Los espectadores no existen —susurra—. La gravedad no existe.

Y entonces los espectadores no existen y la gravedad no existe.

166

Las gradas están vacías. Me siento ligera, fuerte, y soy capaz de ejecutar los ejercicios de forma impecable. Apoyo los pies, aprieto la tripa, estiro las piernas. Salto, vuelo y conquisto toda la belleza y toda la magia. El potro es un trampolín capaz de hacerte recorrer la distancia que te separa de los demás planetas. La barra de equilibrios es una línea, sin nada debajo, de la que es imposible caer y hacerse daño. Entonces aterrizo. Mi corazón late a un ritmo regular y los focos me iluminan solo a mí.

—El calor que sentís en la cara, en el cuerpo, es la luz de la victoria —nos dice Rachele.

A la luz de la victoria me distraigo, porque me veo a mí misma con pelo largo y tengo que reajustar la imagen a mitad de un salto mortal. Abro un ojo y veo a Carla mirando a Nadia. Me mira a mí también, asustada, y de inmediato cierra los ojos.

—Estáis listas, chicas —concluye Rachele—. Y sois las mejores.

Ahora que las mejores hemos terminado la visualización, salimos de la sala de conferencias y caminamos hacia la cafetería. Tengo la tripa relajada, todos mis músculos están relajados, y me encuentro bien. Miro a mis compañeras de equipo y confío en que ellas se encuentren igual que yo. Bien, relajadas y concentradas. Confío en que Nadia no esté demasiado nerviosa, en que Anna aborde con seguridad el doble salto mortal en la última diagonal. Confío en que Benedetta no esté demasiado desesperada por no ser capaz de competir hoy, o demasiado enfadada por tener que calentar de todos modos: así son las normas, y las normas no se discuten. Confío en que Carla machaque a Angelika y que podamos todas subirnos a más aviones, dormir en nuevos lugares y ganar, siempre ganar. Confío en hacer una rutina espectacular, la mejor de mi vida, y confío en que se fijen en mí. Confío en clasificarme entre las dieciséis mejores gimnastas de este campeonato. Mejor aún, entre las diez mejores. Y así todos los entrenadores y el director técnico del equipo nacional vendrán y me dirán que soy buena.

También confío en no morir.

—Sois un solo corazón —nos dice Rachele una vez más cuando llegamos a la cafetería del hotel—, y yo amo vuestro corazón.

Su voz está empezando a molestarme. Se vuelve asquerosa, en especial cuando quiere ponernos sensibles y finge que nos quiere. Es un poco como cuando mi madre empieza a explicarme por qué la gente está triste o por qué la gente está feliz, y su tono es una mezcla entre cuentacuentos y falsa dulzura. Me da escalofríos, con esos ojos que pone cuando intenta «comunicar». A estas alturas ya sabemos que ese no es su punto fuerte.

—Incluso cuando competís entre vosotras, sois un solo cuerpo, debéis cuidar de él —dice Rachele.

—Y una sola mente, debéis cuidar de ella —concluye Alex cuando nos sentamos.

Con esa misma mente compartida, lo tiramos al suelo. Carla eructa, y es un eructo que inunda la sala, que sobrevuela las demás mesas, nuestras cabezas y el domingo entero. Aquí viene su cuerpo. Aquí vienen sus tripas. Nos reímos, nos olvidamos de los siete escalones, de la concentración, y empezamos a desayunar. Rachele se bebe el café y por fin deja de hablar.

Abrigadas con nuestros abrigos de plumas, con el gorro en la cabeza, cruzamos el patio delantero y luego atravesamos el puente y la carretera que pasa por debajo. Me doy la vuelta y veo a los demás equipos caminando en la nieve detrás de nosotras. Veo a los rusos y distingo a los húngaros. Veo al club chino.

A veces todavía creo que esta no es solo mi vida, sino también mi mayor sueño. Como ahora, mientras camino hacia el potro, hacia el podio, hacia la colchoneta y la barra. Lo único que tengo que hacer es competir y no hay nada que desee más. Estoy a punto de ejecutar un ejercicio de suelo que me ha costado años de sacrificios, mañanas de entrenamiento, tardes de preparación, dietas estrictas, calambres en las manos y dolores de espalda. Dolor de huesos. Pastillas. Pero no tengo miedo y tampoco estoy triste. Me siento genial, como una guerrera, y puede que este sí que sea el domingo de la revolución.

—Karl —susurra Carla.

El equipo polaco está al otro extremo del puente. Karl va caminando por delante de nosotras, solo, y no se gira. A juzgar por la cara de Carla, una pensaría que la palabra *Karl* le ha salido por accidente. Como el eructo en la cafetería. De hecho, no vuelve a decirla ni añade nada más. Yo me pongo los auriculares, subo el volumen de mi viejo iPod y me imagino la misma escena con una banda sonora. Reproduzco la misma escena con una banda sonora y conmigo como protagonista romántica. Soy la chica en la que está pensando Karl, estamos enamorados, caminamos en mitad de la nieve, en un país extranjero de montañas y pueblos con edificaciones medievales.

Nos decimos «te quiero». Nos besamos. Podemos volar.

En la pista, cada club se sienta bajo su propia bandera. Las luces están muy intensas. Demasiado intensas. No es precisamente como lo había visualizado en la sala de conferencias. Los nombres y los países de los atletas que compiten en la final general se anuncian por los altavoces y de fondo suenan las canciones escogidas para las rutinas de suelo. Las gradas están a rebosar de gente y, desde aquí abajo, las personas parecen confeti, y sus murmullos el zumbido de un mosquito gigante que está a punto de picarnos. El olor es una mezcla de friegasuelos y sudor. El sudor de ellos. Mi sudor.

Ocupamos nuestras posiciones en el banco de nuestro equipo, no demasiado lejos de los chinos y los españoles. Me subo y me bajo la cremallera dos veces y agarro y suelto mi botella de agua dos veces. Los jueces se pasean por la zona del jurado mientras Rachele habla con Alex, que está dándole un masaje a Anna en el tobillo.

—¿Mejor? —le pregunta.

Y, como de costumbre, ella solo puede decir que sí con la cabeza y contener las lágrimas. Me imagino acercándome al micrófono y diciendo en voz alta: «¿A cuántos de vosotros os tocan vuestros fisioterapeutas? ¿Y vuestros entrenadores? ¿Cuántos de vosotros queréis dejar de estar vivos y no podéis respirar por las noches?». ¿Podríamos ser los pioneros de eso más que de ninguna otra cosa, los pioneros de nuestros sueños y de nuestra libertad, y aun así saltar y volar entre barras asimétricas —entre una galaxia y la otra—, pero sin que ninguno de los adultos se invente las normas?

En el rincón opuesto de la pista, Nadia contempla las barras asimétricas como si fueran una fórmula matemática que ha de resolver. Está tan pálida que parece como si su cuerpo se hubiese quedado sin sangre. Miro a las chicas francesas, miro a las españolas y busco una salida. Busco a las rumanas, pero todavía no han llegado. Anna se tumba bocarriba. Ha llegado hasta aquí, pese a ser una de las Inútiles. Debería estar orgullosa.

—¿Estás orgullosa? —le pregunto.

—La verdad es que no. Y tengo que relajarme. Todavía no estoy concentrada.

—Yo tampoco estoy bien todavía —le digo—. Hoy pasa algo.

Pone una cara como si se le hubiera nublado la vista, como hacen los miopes cuando ven una fotografía. Somos un solo cuerpo, un corazón, de modo que me aparto de su mirada borrosa. No quiero que me infecte ese virus borroso. Desde donde me encuentro, las chicas polacas parece que van a ser las perdedoras de hoy. Desde aquí noto la ansiedad en sus rostros grises y aterrorizados. No sé si debería decírselo a Rachele, explicarle lo evidente que es que van a perder. O mejor aún, no decir nada porque eso podría traernos mala suerte.

Mejor no decir nada.

—Rojo, rojo, azul, amarillo / Coca-Cola Fanta membrillo / dientes rectos, pies rectos / tú por mí, yo por ti / cucu amarillo, Fanta membrillo / yo te cuido y tú me cuidas —están recitando Carla y Nadia.

Se turnan para pasarme la mano por el pelo puntiagudo. Si la competición va bien hoy, mi cráneo se convertirá en parte fija del sortilegio. Me arriesgo a tener que llevar conmigo estas caricias durante años.

—¿Habéis probado en su lugar con abracadabra? —murmuro.

—¿Qué es lo que te pasa? —me pregunta Nadia—. ¿Estás enfadada?

Lleva las manos cubiertas de arañazos. ¿Que qué es lo que me pasa a mí?

—Mira, si está dándole caña a la mandíbula. Está nerviosa, eso es lo que le pasa —responde Carla—. ¡Que Marti llegue a la final general es algo increíble!

Se alejan y yo me toco la mandíbula. No le estoy dando caña. Y, además, menuda expresión. ¿A qué viene decir algo así? De inmediato, siento la cara como la de un camello, moviendo la boca hacia los lados, con los dientes hacia fuera. Dándole caña. Me quedo vestida solo con el maillot y, justo en ese momento, se me acerca Alex y empieza a frotarme las piernas, los brazos. También me da un masaje de manos, tirando de cada dedo, y con un trapo retira el sobrante de crema.

—No queremos resbalar, ¿verdad? —me dice. Y luego—: ¿Hacemos las paces?

Me veo a mí misma resbalando de la barra más alta y tengo que ahuyentar el sonido de mi cuello al romperse. Entonces me veo a mí misma rompiéndole el cuello a él.

—Que te jodan —le digo.

Me levanto. Me marcho. Llega el club rumano y las chicas son las más guapas de todas nosotras. Me refiero a que cada una de ellas es más guapa que cada una de nosotras y que todos los demás equipos del universo. Es probable que hasta su ácido láctico y sus músculos sean mejores. Y también su sangre. Llevan purpurina en el pelo, maillots rojos brillantes y lápiz de ojos azul que dibuja una raya ascendente sobre sus párpados. Las observo y, en mi cabeza, me las imagino actuando a cámara lenta, con las coletas oscilando y los pies vendados caminando con ligereza sobre el suelo de linóleo, flexibles como las orugas. Los vendajes que llevan en las muñecas parecen pulseras valiosísimas, sus piernas son más largas que las nuestras; sus caderas, más estrechas. Elijo una banda sonora para recalcar su superioridad, la música clásica va perfecta para eso, hace que todo sea aún más impactante. Busco a Angelika Ladeci, la estrella de mi película particular a cámara lenta, pero no está aquí.

—¿Angelika? —se oye un murmullo procedente de todos lados.

—¿Ladeci? —oímos.

—¿Ladeci? —preguntan.

A lo mejor quiere hacer una aparición estelar y llegar la última, para que todos la miremos a ella, a la protagonista. O quizá pretenda que nos preocupemos, para que la queramos más aún. Pero se aprecia el pánico en los ojos de la entrenadora rumana, y ni siquiera la raya del ojo pintada hacia arriba logra disimular el terror.

—Angelika ha desaparecido —susurra Carla—. ¿Qué cojones?

Nadia le agarra el brazo, eufórica, mientras recita una vez más su rima. Miro a Rachele, que se ha llevado la mano a la boca y tiene la otra con el puño apretado. Anna y Benedetta están de pie

172

junto a ella, ambas aterrorizadas. Nos sentamos muy pegadas y vemos que la entrenadora rumana se aproxima al jurado. Solo Carla parece aliviada.

—A lo mejor la han entrenado con demasiada dureza y se le ha roto el cuerpo —comenta Anna.

Ya ha ocurrido con anterioridad. Algo en el cuerpo de una gimnasta se rompió de repente y no pudo competir en el último minuto. Ni nunca más. O a lo mejor Angelika ha huido llevada por la desesperación. A lo mejor ya se ha hartado de fingir una sonrisa perfecta. De ganar medallas de oro que apestan a hombres. Ha «asegurado su billete», pero para salir de aquí.

Qué afortunada.

Rachele intercambia miradas con los demás entrenadores y todos se acercan en grupo hacia el jurado. Los números LED parpadean deprisa, demasiado deprisa, así que imagino que el técnico encargado del marcador de puntuaciones también ha desaparecido. Quizá esté con Angelika y con todos aquellos que, este domingo por la mañana, han decidido reiniciar sus vidas en otra parte. Me los imagino a todos caminando en libertad, hundiendo los pies en la nieve, en dirección a un lugar más fácil donde nadie los observará ni los juzgará constantemente, donde nadie les gritará ni será cruel. Quizá esta sea la revolución de la que hablaba mi padre. Hoy es el día en que nos liberamos de nuestras cadenas, de nuestra rutina, y del miedo a caer y morir al rompernos el cuello. De la claustrofobia que nos entra con las flexiones de brazos en series de treinta y luego otras treinta y otras treinta y otras treinta. Desde este domingo en adelante, ganar en un gimnasio ya no será importante y hacer una reverencia mientras sonreímos ya no será necesario.

En la zona del jurado, los entrenadores están cada vez más nerviosos, agitan las manos, fruncen el ceño. No alcanzo a oírlos.

Pienso en sus vidas, que quizá estén más jodidas que las nuestras. ¿Dónde están sus familias? ¿Por qué son tan asquerosos? ¿Acabaré pareciéndome a ellos? Hemos tenido varios entrenadores, en nuestros clubes locales y luego en el equipo nacional. Al principio siempre los admirábamos. Los queríamos, incluso. Poco a poco fuimos rebelándonos y ellos nos hacían llorar, a menudo solo porque les daba la gana. Su intención era disgustarnos. Esclavizarnos. Hacernos sentir débiles e inútiles. Para entonces, solo les teníamos miedo y nos aferrábamos a ese miedo como el sentimiento clave para obligarnos a avanzar. Y a ser mejores. Pero ahora, viendo a Rachele y a Alex, mirando al monstruo a los ojos, sé que ellos también lloran y se sienten solos; son unos mentirosos, débiles, perversos y, lo peor de todo, gimnastas fracasados. No tienen ninguna clase de talento. El miedo está dejando espacio para algo nuevo, algo que es solo nuestro. Y que es nuestra verdadera arma. El odio.

Vittorio, el primer entrenador que tuvimos en el Campo de Entrenamiento de Equipos, solía darnos lecciones sobre nuestro posible camino en la vida, dejándonos claro que quedarse allí tenía un precio y un significado mayor que nosotras mismas. Y que nuestra felicidad. Una vez, debía de tener yo siete u ocho años, nos explicó que entrenar a una gimnasta era como sujetar a un gorrión con la mano.

—Si aprietas demasiado, muere. Si no aprietas lo suficiente, se escapa volando —nos dijo.

En casa repetí la metáfora del gorrión. Me parecía poética, algo de lo que estar orgullosa. Ser un gorrión en manos de otra persona, qué placer. Vittorio lo dijo muchas veces más y solía repetirlo cuando nos esforzábamos por encima de nuestro límite. Y así, sin más, «gorrión» dejó de resultarme una palabra bonita, y estar en manos de alguien dejó de ser algo de lo que alegrarse.

—En gimnasia se necesita la precisión de ejecución de un pianista y el esfuerzo muscular de un levantador de pesas —solía decir—. Son habilidades opuestas que deberían entrenarse de manera distinta. El pianista debe practicar a diario y durante largo rato. El levantador de pesas, por el contrario, solo en contadas ocasiones debe esforzarse al máximo y necesita mucho descanso. Pero, si un pianista comete un error, no sucede nada, mientras que, si una gimnasta comete un error, puede morir.

Me vi a mí misma muerta junto con un millón de gorriones más.

—Es como disolver la sal en agua —dijo Vittorio, antes de abandonarnos a las gimnastas para siempre—. Intentas añadir cada vez más. Al principio es fácil, luego se vuelve más difícil, tienes que remover con más fuerza, por más tiempo. Quizá con el agua puedas explicar esas cosas mediante la ciencia. Pero, con el entrenamiento, no existe una fórmula mágica. A poco que hagas, te excedes. A poco que hagas, obtienes una solución sobresaturada.

—¿Qué significa sobresaturada? —preguntó entonces Carla.

Era una de las primeras veces que yo la había visto entrenar. Éramos unas niñas. Y aun sin fórmula mágica, sin rimas y sin Biblia, ya tenía magia.

—Sea lo que sea, no suena muy bien —le respondió Nadia.

En cierto sentido, todos los gimnastas somos soluciones sobresaturadas y puede que Angelika esté sobresaturada también. Me la imagino en un vaso lleno de agua y sal, y en ese vaso no hay aire para respirar, nada de lo que alegrarse. Nosotras estamos también allí. Y también el equipo chino. Juntas con todas las que, en este gimnasio, lucen maillots de licra y músculos deformados. Soluciones sobresaturadas y cuerpos magullados que flotan en vasos de agua con sal.

Rachele se nos acerca y le susurra algo al oído a Alex, que a su vez le susurra algo a ella. Es como si jugaran al teléfono escacharrado, y sé que me tocará a mí intentar descifrar la frase sin sentido y decirla en voz alta. Rachele mira a los demás entrenadores, que susurran al oído de los demás fisioterapeutas. Están todos de pie y me queda claro que se trata de una emergencia.

Se vuelve hacia nosotras.

—Angelika Ladeci ha desaparecido —anuncia.

—¿Desaparecido? —repito—. ¿Desde cuándo?

—Desde anoche. Esta mañana. No lo saben.

—¿No lo saben? —pregunta Carla—. ¿Se habrá ido a casa porque no puede soportar mi amenaza?

—La vieron irse a la cama, pero no saben si desapareció durante la noche o esta mañana.

—Idiotas —dice Carla—. Aparentan ser muy estrictos, dándoles puñetazos en la tripa a sus atletas, y luego van y pierden a Angelika.

—¿Y qué sucede ahora? —pregunta Anna.

—Lo que sucede es la competición —dice Rachele—. Evidentemente, las rumanas quieren que se detenga el evento mientras la buscan. —Y entonces describe con el dedo un círculo por encima de su cabeza para referirse a las gradas llenas de gente, a las luces brillantes, a los aparatos lustrosos, a los equipos que ya han empezado a calentar—. ¿Creéis que un evento de esta magnitud puede detenerse? Además, todos tenemos ya el vuelo de vuelta. Si no saben cuidar de su campeona, ¿por qué íbamos a pagar el precio los demás?

—¿Qué le habrá ocurrido? —pregunta Benedetta.

—Parecemos un disco rayado. ¿Por qué no movemos el culo de una vez, que para eso hemos entrenado? —sugiere Carla—. Benedetta, la próxima vez que decidas hablar, avísanos, porque siempre es sorprendente recordar que tienes voz.

Carla se levanta, le pellizca una nalga a Benedetta y se quita el chándal. Se pasa las manos por la coleta rubia y estira los dedos y

176

los hombros antes de frotarse los tobillos. Se toca los callos de las manos para comprobar que siguen ahí. Ahí siguen. Bastaría con que uno de ellos se abriera para que el ejercicio fuese doloroso.

—Por fin nos la hemos quitado de encima —comenta Nadia.

—A lo mejor tiene diarrea y le da vergüenza decirlo —responde Carla.

Le guiña un ojo y estalla en carcajadas. Se lleva el dedo índice a los labios y, con la mirada, también parece estar diciendo «venga, no nos pasemos». Nadia se quita el chándal, se fija el maillot y, gracias a las lentejuelas brillantes, y a sus sonrisas, comienza la competición. Me acaricio el pelo pincho, me ajusto también el maillot rosa y trato de concentrarme con los auriculares puestos. Estiro, me froto las manos y los pies, mientras miro de vez en cuando a los demás equipos. Cierro los ojos y pienso en mi madre y en mi padre. En sus pocas sonrisas auténticas. En sus pocos abrazos auténticos. Vuelvo a abrirlos y veo la nieve caer al otro lado de la ventana, unos copos como platillos volantes. Me encantaría saborearlos. Atrapar algunos con la lengua y aplastarlos como si fueran galletas. Es mi primera final general en un campeonato de esta envergadura y sigo sin poder creérmelo.

—Eres la mejor —me digo a mí misma—. Eres una guerrera y una pionera.

Las cinco caminamos en formación hacia el potro. Benedetta viene con nosotras porque, aunque no compite, seguimos siendo un equipo y un solo cuerpo. No podemos caminar sin sus dos piernas. Las demás competidoras están por todas partes, a nuestras espaldas y por delante de nosotras. Las rumanas, que parecen preocupadas; y las chinas, cuya expresión es un reflejo de la nuestra, robots eficientes que no se rebelarán; las francesas, que pueden todas aspirar a ser modelos, pero, por el momento, son pésimas gimnastas; y las polacas, que parecen haber sufrido una intoxicación alimenticia hace un par de horas. Cada una de nosotras competirá hoy contra las demás en todos los aparatos, y al finalizar el día habrá solo un podio, tres puestos en el podio más codiciado de este campeonato.

Una y solo una medalla de oro.

Las canciones para las rutinas de suelo comienzan a sonar junto a las colchonetas y, de vez en cuando, oigo una melodía repetida porque una atleta española ha escogido la misma pieza que una rusa, y una atleta inglesa tiene la misma preferencia que una francesa. Me muerdo la lengua dos veces, con gran suavidad, y dos veces más con un poco más de fuerza.

—Pionera —repito.

Aunque, no sé muy bien por qué, en mi cabeza la palabra se convierte en *mosquetera*. Por detrás de nosotras, una competidora francesa se aproxima a las barras asimétricas. Sus sonidos en las barras de pronto me recuerdan a cuando la aspiradora de mi madre golpea las escaleras cuando limpia, y luego al sonido que hace mi frente al moverse arriba y abajo sobre la camilla de fisioterapia.

—Eres una guerrera —me repito a mí misma—. Pero una guerrera buena que lucha por la paz. A aquellos que son buenos no puede sucederles nada malo.

—Rojo, rojo, azul, amarillo / Coca-Cola Fanta membrillo / dientes rectos, pies rectos / tú por mí, yo por ti / cucu amarillo, Fanta membrillo / yo te cuido y tú me cuidas —dicen Nadia y Carla antes de separarse.

Y para entonces, todo sucede a cámara rápida: los cuerpos, los pensamientos, las palabras, los saltos, las caídas, y yo ya estoy corriendo hacia el trampolín, rotando las manos, salto por el aire, realizo un doble giro, clavo un Yurchenko y aterrizo sin problemas, sin mover los pies ni un milímetro.

Me inclino ante los jueces. Me inclino ante el público.

Espero a ver mi puntuación y agradezco un buen 14,4, mientras observo a una gimnasta china perfecta saltar después de mí, y aterrizar en el suelo sin mover un solo músculo, ni siquiera una ceja. Quizá ni siquiera un latido. Y ahí está su 14,8. La sigue una francesa, después una española a la que no volveré a ver porque no es lo suficientemente buena, y porque su equipo no es tan fuerte como el mío, o como las rumanas y las rusas, por no hablar de las chinas.

Paso a continuación a la barra de equilibrios. Ejecuto mi rutina como si siguiera en la meditación guiada de Rachele. Todo está despejado. Todo es fácil. La gravedad no existe. El dolor no existe. Salto. Aterrizo.

Me inclino ante los jueces. Me inclino ante el público.

Ante el mundo.

A medida que avanza la mañana, Carla —acompañada de una banda sonora de pies que aterrizan, de cuerpos que caen, de números que giran en los marcadores, de los aplausos discretos o enfervorecidos del público— va grabando su nombre en la mente de todos. Tras obtener un increíble 15,183 en el potro y un 14,86 en la barra de equilibrios, recibe un fantástico 14,8 en las barras asimétricas. Cuando sonríe, su sonrisa es la más dulce del mundo. Cuando salta, salta como ninguna otra en la pista, y cuando baila, sus movimientos son tan fluidos y ligeros que da la impresión de que bailar así, volando al mismo tiempo, fuera realmente fácil. En nada de tiempo, sus vídeos se harán virales en internet. Pulgares arriba. Pulgares abajo. Viéndola, una piensa que podría ser igual que Carla, que podría estirar los pies y arquear la espalda como un felino. Y su sonrisa, ¿no sería fácil para ti, para nosotras, sonreír así y parecer feliz como parece ella? Pero, claro, no podemos.

Los jueces asienten con la cabeza, Rachele hace el símbolo de la victoria con los dedos y, cada vez que Carla termina un ejercicio, dice «¡Sí!», lo cual casi resulta entrañable. Carla va de camino a las Olimpiadas. Está «asegurando su billete». También está consiguiendo que Rachele sea la mejor entrenadora de los que hay aquí.

Me froto la cabeza y sonrío antes de lanzarme hacia las barras. Estoy concentrada, lúcida. Salto hacia arriba con precisión, pero, en cuanto empiezo, noto que se me abre una ampolla de la mano en el segundo movimiento. La barra se convierte entonces en un cuchillo. Mi mano es ahora una herida abierta que duele y me distrae. Suelto la barra superior y, en la fracción de segundo que transcurre antes de agarrar la barra inferior, anticipo el dolor que estoy a punto de sentir. Imagino su intensidad, como un latigazo en la cara, invadiendo mi cerebro. Imagino que va a ser tan terrible que, cuando finalmente siento el dolor real, el que provoca la piel abierta, me parece algo soportable. Es algo que puedo hacer. Así que lo hago. Es algo que puedo soportar, así que lo soporto.

A lo mejor es mi nuevo corte de pelo y a lo mejor mi padre tenía razón. Somos felices, nos queremos y el dinero no importa para nada. La vida es soportable y no pasa nada por trabajar de noche, no pasa nada por llorar o porque nos sangren las palmas de las manos, y es domingo, mi domingo, de manera que me concentro en la magia de mi rutina, en la forma, en la técnica y la composición. Consigo disfrutarlo. Y después me encanta. Acepto el dolor y lo celebro. Ejecuto un aterrizaje bastante bueno, aterrizo como si acabara de conquistar Marte. Y así ha sido. Levanto los brazos. Saludo y sonrío con la sonrisa más grande de todas las galaxias conocidas y desconocidas cuando de pronto me doy cuenta de que estoy sonriendo con la boca de mi padre y no con la mía y pienso en lo fea que debo de estar, además de desesperada.

De modo que, en lugar de disfrutar del aplauso que sigue a continuación, me froto los labios con la mano para borrarme la sonrisa.

Esperamos a que salga la puntuación de Nadia en las barras, y también la mía. Tengo los dedos cruzados, con la esperanza de que mi puntuación me haga subir y de que la ausencia de Angelika nos ayude a todas también en esto. Nadia obtiene un buen 14,66. Yo recibo otro 14,4 y sonrío, esta vez con mi boca, no con la de mi padre, y, como nadie me saluda, vuelvo con Rachele. Me planto junto a ella con la esperanza de que alguien recuerde que yo también estuve aquí, y que también fui buena. Que soy Martina con la M más grande del mundo. Llevo mil años entrenando, llevo mil años cayéndome y fracasando, llevo mil años llorando. Hoy estoy que me salgo, a mi nivel, vale, pero lo estoy haciendo. «Dime que lo he hecho bien —pienso—. Dímelo».

Pero no me lo dice.

Anna me da una palmadita en el hombro. ¿Habré dicho en voz alta que necesitaba una palmadita? ¿Estamos ya tan desquiciadas que ni siquiera sabemos si pensamos o hablamos?

—Lo estás haciendo muy bien —me dice Anna—. Puedes hacerlo.

—Gracias —le respondo—. ¿Cómo te encuentras?

—Me duele el tobillo. Y no me clasificaré entre las veinte primeras.

—Estás mejorando —miento.

—¿Lo prometes?

—Lo prometo.

Veo a Karl en las gradas; aún le quedan dos horas hasta que compitan los chicos y hasta que nosotras, las chicas, hayamos terminado. Ha venido aquí a mirar. Sobre todo a mirarla a ella, a Carla. Anna también lo mira, pero de inmediato baja los ojos. Siempre ha sido así; baja los ojos y quizá piense que así va a vivir más tiempo.

Yo estoy manipulando mi cremallera, frotándome el maillot mientras trato de no mirar a Karl. Pero entonces lo miro. No aparta la mirada de Carla. Ni de Nadia. Luego mira de nuevo a Carla. ¿Qué está haciendo aquí? Pasado un rato, Rachele repara en su presencia, porque los ojos de sus chicas se mueven hacia él y los de él hacia ellas, y entonces se altera. También es cuestión de superstición. Está yendo todo bastante bien y no debe cambiar nada. No necesitamos espectadores nuevos. Ni tampoco problemas nuevos. No se permiten Karls en este lugar. Las horas tienen que pasar deprisa, Carla debe permanecer concentrada y la nieve ha de seguir cayendo. Rachele debe permanecer junto a Alex y tiene que seguir de pie porque, cuando las cosas están yendo bien y tú estás de pie, entonces no debes sentarte hasta que termine la competición. Si las cosas están yendo bien y tú estás sentada, entonces no te levantas hasta que termine la competición. Pero ahora ha venido Karl, y las cosas podrían cambiar, puede que Karl nos traiga mala suerte y puede que Carla se caiga.

—Nadia está enamorada de Carla —les digo a Anna y a Benedetta.

Anna baja los ojos más aún. Me pregunto hasta dónde podrá bajarlos, quizá hasta el centro de la tierra. En ese momento la veo bajando los ojos y llorando cuando tenía diez años, después de que Vittorio le arreara un manotazo en las manos. La veo yéndose a casa con su chófer, con los ojos cerrados en el asiento trasero, llorando por haberlo hecho mal en la barra de equilibrios. También la veo llorando con Carla, después de que esta le tirase del pelo con tanta fuerza que gritó. Me esfuerzo por recordarla riendo y me viene a la cabeza una vez en que nos tiramos sobre las colchonetas cantando melodías de dibujos animados. Hubo otra vez en un campeonato regional, cuando teníamos once o doce años, en que su madre había venido a verla. Después, nos llevó a todas a comer. Aquella noche, Anna estuvo riéndose y su madre debió de pensar que su pequeñita era feliz siempre.

—La quiere muchísimo —continúo.

¿Por qué estoy contándoles esto a Anna y a Benedetta? La verdad es que no lo sé, pero el hecho de que haya escogido contárselo a las Inútiles debe de significar algo. A lo mejor no soy más que una cobarde. Ellas no dirán nada inapropiado ni se lo contarán a nadie. ¿O acaso es que somos amigas?

—¿Y Carla? —pregunta Benedetta—. ¿Ella también la quiere?

—No lo sé —respondo. Y esa es la verdad, que no lo sé.

Anna se frota el tobillo. Lo tiene hinchado y se nota a primera vista que le pasa algo. Nunca la he querido mucho. Consigo recordar otra ocasión en la que estuvo riéndose. Fue cuando estuvimos todas bailando, después de entrenar, al ritmo de la canción de una nueva estrella del pop.

—No es que no os lo quiera contar —les digo—. Es que de verdad que no tengo ni idea.

—Lo sé —responde Anna—. No pasa nada.

A Benedetta da pena verla: tiene los hombros caídos y la cara triste. Parece querer aparentar desesperación a toda costa, como si estuviera a punto de tener una rabieta para conseguir lo que sea que quiere de su madre. Hoy no compite y no seguirá mucho tiempo más compitiendo en otra parte.

—La barra de equilibrios me tiene manía —se lamenta, quejumbrosa.

—Es posible —dice Anna. Y después miente—. Pero la colchoneta te adora.

Benedetta está al borde del llanto, pero contiene las lágrimas brillantes dentro de los ojos. Cada lágrima parece un pececillo en un acuario. Nunca nos ha entusiasmado su ejecución en la barra de equilibrios. Tampoco su ejecución en las asimétricas. Queda claro que somos cuatro y luego está ella. Es menos habilidosa, menos fuerte, menos precisa. Tiene rabietas. Además, está adelgazando demasiado.

—No pasa nada por no ser gimnasta —le digo. Y no sé bien si se lo estoy diciendo a ella o a mí misma—. Quizá sea incluso mejor.

Doy dos sorbos de agua y me levanto. No quiero que mis músculos crean que se ha acabado y se vayan a dormir. Me acerco a la colchoneta, donde el médico español está tratando de doblar la pierna de una de sus atletas. La pobre chica aprieta los dientes. Yo me mareo al verla, así que en vez de eso contemplo la nieve hasta que se la llevan. Nadie le da una palmadita en la cabeza o un beso. ¿Tres meses de reposo? ¿Un año? Acabada del todo y ¿de qué ha servido todo este dolor?

—No pasa nada por no ser gimnasta —podría ir y decirle a ella también. Pero en español, claro, ¿y luego qué?

Carla está celebrando su asombrosa puntuación de 14,88 en la rutina de suelo. La suma de sus puntuaciones indica que va liderando el campeonato y que está a punto de convertirse en la estrella del día. Pese a que la batalla por el oro aún no ha terminado, desde las gradas todos gritan su nombre. Nadia mueve la boca y articula un «te quiero» y se disparan los *flashes* de las cámaras de los fotógrafos. La iluminan y, cuando se da cuenta, Carla flexiona el brazo como Popeye. La verdad es que ha encontrado una buena seña de identidad, con eso del brazo. Yo sonrío, aunque veo a Nadia repetir «te quiero», pero no se lo está diciendo a nadie, porque Carla está sonriendo a Karl, sentado entre el público. Me estremezco y cuento hasta diez, después hasta cien, y sé que nos perseguirá la mala suerte porque Carla no ha cumplido su promesa de odiar la letra *K* y no volver a mirar a una *K*.

¿Dónde está Angelika con *K*?

La expresión de Nadia no cambia. Pensé que se enfadaría, que como mínimo les haría una peineta, pondría una cara, pero a lo mejor hoy no pasa nada. A lo mejor la mala suerte es una tontería, puede que las promesas no duren mucho y que lo único que importe sea lo que realmente somos capaces de hacer. Resistir. Saltar. Volar. Ganar.

El club rumano mantiene el ritmo, sin sobresalir de manera espectacular, pero con una limpieza única y sin errores importantes. Ya no tienen a Angelika, pero siguen siendo muy fuertes. Probablemente estén pensando en su estrella en todo momento cuando miran a su alrededor, esperando que entre en la pista en cualquier momento, pero mantienen la compostura. Puede que incluso estén rezando por ella, al tiempo que también son buenas soldados. Buenas chicas. Su entrenadora, Tania, es inescrutable, tiene la espalda muy recta y una sonrisa delicada en los labios. Su rostro es una hoja de papel en blanco sobre la que puedes leer el bien o el mal, dependiendo de cómo te sientas. Si estuvieras de buen humor, podrías dibujarle una carcajada.

Nadia se acerca para acariciarme la cabeza. Carla la imita. Otra vez.

—¿Recordáis a ese entrenador rumano tan perro que le pegó patadas en la tripa a su gimnasta? —pregunta Carla, acariciándome también la cabeza—. ¿La meona?

Digo que sí con la cabeza. Primero porque Carla a menudo añade la palabra *meona* a la palabra *rumano*. Igual que las chicas polacas siempre añaden *mafiosi* a cualquier nombre italiano. Segundo porque, cuando me enteré de que aquella gimnasta se había hecho pis cuando estaba en las barras, supe que jamás sería capaz de olvidarme de eso. Cuando la chica hubo terminado su ejercicio, el entrenador la interceptó a la salida y, pensando que estarían ocultos en la zona del pasillo, le dio una patada tan fuerte que la chica se dobló de dolor.

—Están locos —dice Carla—. Y esa chica era una meona. Estoy segura de que habrán torturado a Angelika más de la cuenta y la han roto.

—Imagínatela con palos en la boca —dice Nadia entre risas al recordar las palabras de Carla.

Y su voz suena igual que cuando ve cosas.

Comienza a sonar la música para la rutina de suelo de Anna. Observo su secuencia acrobática. Después su salto mortal hacia atrás. Lo está haciendo bien, pero se nota que el tobillo lesionado afecta a su ejecución. Sigo la sombra de su cuerpo y me doy cuenta de que ella también ha adelgazado mucho. Esta semana no debe de haber tocado la comida. Aunque, claro, también podría haber sucedido en las dos últimas horas. Si nos lo proponemos, somos capaces de perder peso en un día. Solo tienes que dejar de beber agua.

Sabiendo que no debería prestarle más atención a Anna, porque ya es una causa perdida, Rachele se acerca a Nadia. Huelo su pintalabios desde aquí, su laca del pelo, su champú. Sus mentiras.

—Nadia —dice—. ¿A qué viene esa cara? Parece que has visto un fantasma.

Carla está detrás de nosotras. Ha terminado su espectacular actuación y ahora está sentada en silencio, rezando, con la mirada fija en el marcador de puntuaciones. Estoy segura de que le está recordando a Dios que ella es su ángel y que sus enemigos deben desaparecer de su camino hacia la gloria.

Me duele la espalda, también los pies y casi toda la mano, y el dolor es peor donde se me ha levantado el callo. Quiero echarme desinfectante, sentir ese escozor tan terrible y después nada. Intento rezar una oración inventada y luego lo dejo. Me falta el vocabulario. Los dioses.

—Nadia, estás bien —dice Rachele—. Quiero que sepas que estás matemáticamente bien.

—¿Por qué me dices eso? —pregunta ella.

—Te lo digo para que no tengas miedo. Estás bien, estás entre las diez primeras.

Nuestra entrenadora ya no puede lidiar más con esto. O quizá nunca ha podido hacerlo y nosotras éramos demasiado pequeñas para darnos cuenta. Sus palabras suenan mal, en muchos sentidos. Vuelvo a sumar los números y, de hecho, Nadia no está nada bien. Carla está muy por encima de los sesenta y ella sí que está bien. Pero a Nadia aún le queda su rutina de suelo, donde necesita por lo menos 14,50 para clasificarse entre las diez primeras.

Nadia debe de haber hecho también los cálculos, porque gira la cara hacia el hombro, como un perro cuando oye una voz que no le resulta familiar.

—Estás mintiendo —le dice a Rachele—. Eres una mentirosa. ¡Deja de hacer eso!

—En el fondo ya sabes que Rachele es una mentirosa —malmete Carla.

Rachele sabe que podríamos atacarla todas. Sabe de lo que estamos hablando. Veo su culpa. Su preocupación. Alex también está pálido. Todo el mundo está pálido y todo el mundo es culpable. Podríamos empujarlos a ambos hacia el podio, como acusados en un juicio, y acusarlos y juzgarlos y destruirlos delante de todos. «Aquí tenéis vuestras medallas», diríamos. Y les lanzaríamos medallas que pesarían como piedras.

—Carla —dice Rachele—. Vamos a calmarnos todas.

Carla ni siquiera la mira. Tiene la mirada puesta en Nadia.

—Sin embargo, Nadia —dice—, la única verdad es que, si llegas a estar entre las diez primeras, tendrás que quitarte la ropa como prometiste. Si vuelves a casa con un asqueroso 13,50, o un mísero 14 o algo peor, puedes abandonar el club sin mirar atrás. Pregunta si las españolas te aceptan.

—Eres una zorra —responde Nadia.

Pero sonríe. Rachele también sonríe. Ojalá se les cayeran los dientes a todas.

—Lo hago por ti, mi amor.

Se abrazan con tanta fuerza que yo aparto la mirada, y lo mismo hacen Anna y Benedetta.

—Tienes razón. Las promesas son promesas, un pacto es un pacto —dice Nadia—. Una mentira es una mentira, y la *K* está muerta y la *K* no está muerta.

—Y los perros son perros y la nieve supuestamente sigue siendo nieve. Da lo mismo. Ahora mueve tu culito sexi y enséñanos lo que sabes hacer —le dice Carla—. Machácalas.

Rachele debe de sentirse excluida, así que repite:

—Enséñanos lo que sabes hacer, Nadia.

Me clavo las uñas en las palmas de las manos y aprieto los dientes con tanta fuerza que siento que se me hacen polvo en la lengua. Nadia se dirige hacia la colchoneta y sus piernas parecen más rígidas de lo normal, como si fueran las piernas de una muñeca. La luz aquí nunca me ha parecido tan intensa. Mientras Nadia camina hacia la colchoneta, nos muestra su espaldita arqueada como le he visto hacer mil veces, o un millón. Veo su pasado. Su presente. Si sigo mirando, es probable que acabe viendo también su futuro, su cuerpo con el maillot, engordando, haciéndose grande.

Comienza la música y, cuando Nadia empieza a moverse, cierro los ojos. Cuando vuelvo a abrirlos, está dando un salto. Un Tsukahara. Un carpado árabe. Carla aprieta los puños y Rachele masca su chicle con vehemencia. En las gradas, Karl se pone en pie para ver mejor y yo siento pena por él. Quizá esta tarde le ayude a entenderlo.

—Aquí no hay sitio para ti —le diré—. Huye de ellas y de nosotras todo lo rápido que puedas.

Veo que un par de policías se acercan a Karl. Vuelvo a mirar y veo a otros tres que se acercan al jurado y a otro que camina hacia nosotras.

—Mira —dice Anna—. Hay policías por todas partes.

Nadia termina su impresionante actuación con un doble giro completo; solo una pequeña vacilación y luego sus pies aterrizan con fuerza en el suelo. Saluda con elegancia, una lágrima le resbala por la mejilla y Carla aplaude.

Ha estado genial. Yo también sonrío.

Carla se acerca a ella y Nadia mira a Karl, a Carla, a la policía, a los espectadores y a los jueces. Mira la nieve de fuera, tanta nieve que ya no se ve el cielo, el aire, el presente. Mira las luces sobre nuestras cabezas, se mira los cortes de las manos, mira a Rachele. A Alex. Vuelve a mirar a Carla, a su único amor, mientras su 14,70 aparece en el marcador, tan asombroso que parece enorme, y tan magnífico que le otorga un total de 56,88. Empiezo a aplaudir con las demás, hasta que veo a Nadia guiñarle un ojo a Carla.

Entones la veo bajarse una de las mangas del maillot rosa.

A lo largo de los años he pensado en al menos veinte formas diferentes de dejar la gimnasia. Algunas noches, antes de quedarme dormida, incluso preparo el discurso de despedida que daría. Escojo el tono de voz y la mirada que quiero que recuerden de mí. Dirán: «Y entonces, cuando empezó a hablar, puso esa mirada». Podría elegir irme de forma espectacular, gritando que están todos ciegos, que somos esclavas, que los adultos abusan de nosotras, que podríamos morir cada día con tal de ejecutar un Tsukahara a la perfección. Otras veces me imagino tranquila y muy sabia. Un monje. Explico que, pese a que este era mi sueño, las competiciones no tienen nada que ver conmigo, que me siento a un millón de años luz de ellas, y que el mundo no cabe en un gimnasio. El mundo no es rectangular ni tiene el suelo cubierto de linóleo. Y les pregunto cómo es que casi nunca se pueden abrir las ventanas de los gimnasios. Están selladas, o situadas demasiado arriba, o son demasiado grandes para nosotras, para que no podamos dejar entrar el aire fresco.

—Ahí fuera hay aire fresco, ¿sabéis? —susurraré.

Añadiré que, hace muchos años, oí a Vittorio hablando con su sustituta, Rachele, y lo que oí me dejó aterrorizada. Era una simple anécdota, pero que se me quedó grabada durante años, pues esperaba que me resultase de utilidad en algún momento de mi vida.

—Ahora, cuando entreno a las pequeñas —dijo Vittorio—, rezo para no encontrarme con un talento auténtico. No quiero volver a cruzarme con una campeona en toda mi vida y tener que ser responsable de llevarla hacia una vida terrible.

—Venga —le respondió Rachele—. Nos encanta la gimnasia.

—Siento pena por ellas. Tú también deberías sentir pena.

Que la gente sienta pena por ti no mola mucho, pensé entonces.

Así que lo diré todo y lo diré bien. Por esa razón compongo mis discursos en el orden correcto, un pasaje colocado a la perfección detrás de otro, una palabra cuidadosamente escogida detrás de otra. Un giro en la trama y una lágrima, una reflexión, seguida de un ataque de rabia.

—Ahí fuera hay aire fresco —repetiré—. Hay luz ultravioleta.

En cuyo punto es probable que se rían y me hagan pedorretas. Haciendo mucho ruido. Pedorretas ruidosas, una detrás de otra. Pero yo seguiré hablando y añadiré que oí al entrenador Vittorio decir que somos víctimas y que somos tan bajas porque nunca nos da la luz directa del sol, así que no somos capaces de sintetizar la vitamina D, que ayuda a fijar el calcio a nuestros huesos.

—En resumen, no es ningún milagro ser tan baja. Es más bien un experimento científico —diré—. Estamos enfermas.

Entonces ejecutaré siete alegres volteretas y dos triples saltos mortales seguidos y a lo mejor alguien llora y, a partir de ese día, me recuerda para siempre.

Pero a la mañana siguiente ya no quiero dejarlo. Y en el fondo sé que las competiciones tienen mucho que ver conmigo. Me gusta estar en un gimnasio sin luz ultravioleta, más que en ninguna otra parte. Siendo sincera, me gusta incluso tener miedo. Las ventanas cerradas no suponen realmente un problema y el aire fresco y la luz se cuelan por las puertas de todos modos. Cuando realizo un buen ejercicio de suelo, o clavo un salto peligroso, todas las piezas parecen encajar en su lugar, incluyendo las palabras que me digo a mí misma en el autobús de vuelta a casa, a fin de que me guste ese martes también, y el miércoles que vendrá a continuación.

—Este es tu mundo, Martina. Esta es tu familia —me digo a mí misma—. En realidad, a tu familia nunca la abandonas.

Mientras ve cómo Nadia se agarra la manga rosa y cubierta de lentejuelas, Carla parece estar a punto de desmayarse. Su cara tiene ese color que se te pone cuando la presión sanguínea baja a cincuenta, a treinta, a diez. Tiene los labios oscuros y la piel gris. Nadia, por otra parte, tiene las mejillas sonrojadas y una de esas amplias sonrisas que siempre pone. Las sonrisas que pone cuando las estadísticas están de su parte, o cuando Carla le da un abrazo o un beso o cualquier cosa. Me acerco a Anna y a Benedetta, que se han acercado también a Rachele.

—Es una apuesta —explico—. Algo que se prometieron la una a la otra.

Me miran aterrorizadas. El miedo que se ve en las pupilas de Rachele tiene la forma del lobo que hemos estado buscando todas. Nadia se baja la primera manga y la deja colgando bajo la axila. Tiene los pies quietos y la mirada clavada en la de Carla. Se baja la segunda manga y da una vuelta sobre sí misma. Las mangas se elevan como un molinillo de juguete multicolor. Las demás gimnastas en las barras la miran. Veo que algunos de los chicos se giran lentamente hacia ella y se levantan de sus sillas para poder verla mejor. Veo que se iluminan los teléfonos móviles en las gradas, videocámaras que la apuntan. Veo flashes de fotos. Veo sus lágrimas. Las de Rachele.

Carla da otro paso hacia Nadia. A lo mejor quiere hacerle lo del brazo de Popeye. O quiere besarla, delante de todo el mundo, y así nuestro equipo hará historia y nos recordarán por los siglos de los siglos, amén. Sé que Carla quiere arreglar la situación.

—Para —dice—. Ahora mismo.

—Lo prometí, Carla. Matemáticamente estoy entre las diez primeras, así que me desnudaré.

—Si lo haces, nos fastidiarás a todas.

—¿Y por qué entonces me hiciste prometerlo?

—¡Solo quería que no tuvieras miedo! Que pensaras en otra cosa. Una estupidez.

—Nunca tuve miedo. Eras tú la que lo tenía.

—Pero ¿tú eres tonta o qué?

—Si no me quito la ropa, nos traerá mala suerte.

Nadia se mete los dedos por debajo de la licra del maillot, cerca de los pechos. Ambas mangas cuelgan ahora como trompas de elefante, saliendo de las axilas. Me gustaría darles unos anacardos a esas trompas.

—Vamos a fingir que solo te estás ajustando el maillot, ¿vale?

—le dice Carla—. Yo te ayudaré. Aun así, no parecerá muy realista, pero quizá eso desvíe la atención.

—Quiero desnudarme. Una promesa es una promesa.

Carla la mira con odio. La agarra del brazo y la sujeta con fuerza, como solía agarrarme mi madre cuando no quería seguirla. Sentía sus dedos hundidos en mi bíceps y, cuando por fin me soltaba, se me quedaban marcas rojas en la piel. No creo que mi madre se diera cuenta de la fuerza con la que me agarraba. Pero sí que me retorcía y siempre me hacía daño.

Carla desenrolla una manga y vuelve a ponérsela a Nadia en la mano, en el brazo. Luego hace lo mismo con la otra manga. Se acuclilla como para comprobar si la parte trasera del maillot está bien puesta y lo hace con tal seguridad en sí misma que yo me quedo mirando el maillot para ver si le pasa algo. Nadia deja que Carla termine. Ya no tiene las mejillas sonrojadas y tampoco parece contenta.

—Has echado a perder la magia, Carla —susurra.

Nadia camina junto a ella, con la cabeza gacha, de vuelta al banco. Se pone otra vez el chándal. Todas hacemos lo mismo. Alex y Rachele hablan con algunos de los periodistas. Después entre ellos. Empujan a Carla hacia delante para que se haga unas fotos. Para responder a preguntas y estrechar manos. Carla sonríe. Nosotras sonreímos también.

Al final del día, estamos tan emocionadas por haberlo hecho tan bien en la competición que tratamos de olvidar el episodio del maillot junto con los demás episodios y monstruos que nos atormentan. Yo he estado perfecta en la barra de equilibrios y he obtenido un brillante 14,60. Lo he hecho incluso mejor que Nadia en ese aparato, y eso hoy me convierte en la segunda mejor del equipo haciendo equilibrios en la barra, justo por detrás de Carla. Puede que Rachele sí que se decida a presentarme para la selección del equipo nacional. Una pena lo de mi aterrizaje en las barras asimétricas, sí, claro, y una pena lo de mi pie izquierdo, que no se estaba quieto, pero lo he hecho lo mejor posible, todas lo hemos hecho lo mejor posible, y eso se ha notado. Mi pelo corto me ha ayudado; también lo han hecho el bosque y la nieve. Hoy Carla es la medallista que consigue el oro, Nadia se sitúa entre las diez primeras y yo consigo colarme en el duodécimo puesto, lo que para mí es genial. Es más que genial, es una revolución. A lo mejor Benedetta no está con las demás en las Olimpiadas, y Anna tiene que trabajar más su autoestima, pero, bueno, ¿y quién no? Estamos en estado de gracia, estamos todas vivas, Nadia no se ha desnudado delante de todo el mundo y, por ahora, no podemos desear nada más.

—Un cuerpo, un corazón —susurramos todas.

Cuando Carla se dirige al podio para recibir su medalla de oro, todas la recibimos con ella. La multitud aplaude y se vuelve loca cuando hace el gesto de Popeye. Pese a los ojos tristes de Nadia, gritamos de felicidad. Nos abrazamos todas, luego nos acercamos a las gradas a firmar autógrafos para las niñas pequeñas que quieren ser como nosotras. Nos vamos pasando la medalla de Carla para darle un beso cada una. También besamos la bandera del club, después abrazamos a Rachele. Alex nos abraza también, pero yo dejo los brazos en los costados, igual que las mangas vacías del maillot de Nadia.

Nos recostamos en los bancos de la pista y miramos con odio a las chinas y a las rusas como si fueran enemigas mortales, pero ya nos las imaginamos lejos de nuevo, pensamientos lejanos de un futuro lejano. Existían aquí, durante esta semana, y ocupaban un espacio en nuestra mente y en nuestro corazón durante este tiempo. Ahora ya pueden volver a desaparecer.

—Damas y caballeros, lamentamos informarles de que la gimnasta rumana Angelika Ladeci ha desaparecido —dice el comentarista por los altavoces. Después repite el mensaje en rumano—. Por favor, comuniquen si la han visto y estén atentos. Repito, la gimnasta Angelika Ladeci, rubia, de metro cuarenta y cinco, ha desaparecido.

El equipo rumano está sentado delante de nosotras. Su entrenadora mantiene la barbilla levantada; sigue teniendo la mirada más neutral que he visto en mi vida. ¿Estará desesperada? ¿Estará tranquila? ¿De verdad será una persona y no una máquina? Cada una de sus atletas es fuerte y, como equipo, han demostrado con creces ser más fuertes que nosotras, que casi todos los demás equipos. Pero es cierto, sin Angelika les falta una estrella y nosotras tenemos a Carla.

—¡Buenas chicas! —exclama Rachele. Y nos abraza otra vez—. No os preocupéis. Ahora, vamos a cambiarnos, ¿de acuerdo?

Yo trago saliva dos veces, muevo el pie dos veces y tamborileo con los dedos sobre las rodillas, pero el número dos está empezando a ponerme de los nervios. Parece un número uno, si lo pienso bien. Una imagen reflejada que se revela demasiado equilibrada. Trato de morderme el labio tres veces y me paso la mano por el pelo tres veces. Me resisto durante unos segundos, disfrutando del cambio, disfrutando de la revolución, pero debo equilibrar las cuentas de inmediato y empiezo de nuevo con múltiplos de dos y con repeticiones de dos. Tras diez repeticiones, sigo sintiendo que, en el fondo, la armonía se ha visto alterada por las series de tres.

Llegan más policías. Los jueces sacuden la cabeza y fruncen el ceño. Cuando por megafonía informan de que la competición de los chicos se pospone, Rachele nos dice que es hora de volver al hotel y que, en cuanto se sepa algo, ya nos dirán qué ha pasado con Angelika y qué ocurre con la competición de los chicos.

Nos ponemos los abrigos de plumas. Nos ponemos las botas.

—¿A alguien le apetece llamar a su casa? —añade—. ¿Y quién

quiere cenar un entrante, un plato principal y quizá repetir postre? Tenemos que celebrarlo.

Nadia y Carla se miran la una a la otra y sonríen. A lo mejor sí que les apetece postre. Y desde luego quieren celebrarlo.

—Amo Rumanía —dice Carla—. La amaré por siempre jamás. Amén.

—Amén —repetimos todas.

—¿A todas os apetece una ducha caliente? —pregunta Rachele.

Pienso en chorros de agua caliente sobre mi cabeza, masajeándome los hombros. Desde luego me apetece eso. Aumentaré la presión del agua y me quedaré ahí debajo por lo menos diez minutos, sabiendo que este día ya casi ha terminado, que la competición no me ha matado ni me ha destruido. Y que volvemos a casa con algún oro y con el equipo de una pieza. El lunes volveré a mis miedos, pero hoy puedo descansar.

—A mí me apetece la ducha —respondo.

Me cubro la cabeza con la capucha y sigo al equipo.

Salimos al gélido frío exterior y notamos la nieve tan suave bajo los pies que siento como si siguiéramos en la colchoneta, preparadas para saltar. Sonrío, pero el viento sopla con tanta fuerza que tengo que secarme las lágrimas del frío.

—Caminad en fila detrás de mí y no desaparezcáis —dice Rachele—. Está oscureciendo y ya estamos bastante preocupados por Angelika.

—Nosotras también estamos preocupadas —asegura Carla, aunque no parece en absoluto preocupada.

—Mientras tanto, tened los ojos bien abiertos de camino al hotel, ¿vale? —dice Alex.

—¡Tengamos los ojos bien abiertos! —exclama Carla—. Seguro que así somos de gran ayuda.

Empieza a comportarse como si fuera una máquina con ojo de águila y un cuello giratorio. Un radar, tal vez. O un lince. A Rachele le castañetean los dientes y me doy cuenta de que a mí también.

—Me apetece una ducha caliente —repito.

—Lo sabemos, cielo —responde Rachele—. Ya lo has dicho.

Sigue nevando con fuerza y los equipos y la policía desaparecen con todo ese blanco. Nunca ha hecho tanto frío y la nieve nos llega casi hasta las rodillas. Los dos hombres oso con los abrigos deben de estar ya exhaustos, puede que ya no se rían. Creo que podrían ser mis dos personas favoritas del mundo entero.

Aunque me muero de frío, cada aliento que respiro me recuerda que lo hemos hecho muy bien en la competición. Y que el torneo ha terminado, así que puedo dejar de visualizar los mil resultados diferentes que podría haber tenido. Esta noche dormiré profundamente y, cuando me despierte, podré pensar en otras cosas. En la cena comeré todo lo que quiera, carbohidratos, queso, dos postres a lo mejor, sí, seguro que dos, y mañana nos iremos a casa y casi lo estoy deseando. Podré terminar un crucigrama a medio hacer con mi padre. Podré ser su ratoncita buena en su casita de ratones al menos durante un día o dos.

—Deprisa —nos apremia Anna—. Que hace un frío que pela.

Benedetta y Rachele aceleran el paso. Carla las sigue, con Alex a su lado.

—Has estado asombrosa —le dice—. Has sido la mejor con diferencia.

—Gracias. Me he sentido genial.

—Somos un gran equipo —añade Alex—. Un cuerpo, un corazón.

—Supongo —dice Carla y mira hacia otro lado.

Tengo que decidir si debería caminar despacio como Nadia o

deprisa como las demás. Pero el otro grupo tiene a Alex, así que estoy mejor sola. Miro al cielo y los cristales de nieve me caen en los ojos. Quedarán unos cinco minutos antes de que oscurezca.

—¡Martinaaa! —grita Carla—. ¡Martinaaaa! —grita de nuevo.

—¡Martinaaa! —sigue siendo Carla.

—¿Qué? —grito yo, y corro hacia ellas.

Una de las atletas rumanas va detrás de nosotras y se cae en la nieve. Tania, la entrenadora, le pega un grito, así que miramos. La chica está llorando. La entrenadora está muy cerca de ella y le da un empujón para que se levante. Resulta que Tania no es tan indescifrable. Y, desde luego, no es tan dulce.

Carla se me acerca.

—Puede que pegue a Angelika —murmura—. Es muy violenta.

—Supongo —respondo, imitando su voz de hace unos segundos.

Algunos equipos me recuerdan a esas películas en las que los soldados se gritan los unos a los otros en plena cara. Pero puede que las rumanas estén también actuando, para parecer más fuertes y más duras, y puede que estén representando una escena ahora mismo, solo para nosotras. Más tarde, en secreto, se reirán todas y se darán abrazos.

—¿Crees que se ha escapado? —le pregunto a Carla—. A lo mejor a ella su fisioterapeuta también la toca. Y por esa razón está llorando ahora esa gimnasta.

—¡Qué loca estás! A lo mejor su compañera de equipo está llorando porque ahora mismo odia a Angelika —continúa Carla—. Las ha dejado tiradas a todas.

Estamos cerca del puente y la policía está encendiendo sus linternas para rastrear el campo. Algunos de los haces de luz llegan hasta donde estamos; otros rayos son como luciérnagas que se posan en los edificios y en el bosque oscuro.

—Dios nos ha ayudado —dice Carla—. Amén.

—Amén —repetimos todas. Y no sé si este «amén» impregnado de culpa nos perseguirá siempre.

Nadia corre hacia nosotras. Va sonriendo y, cuando le devuelvo la sonrisa, me guiña un ojo. La imito solo con mi ojo izquierdo. Pero, como tengo que hacer las cosas en secuencias de dos, tengo que parpadear otra vez con el derecho. Me equivoco, hago una chapuza y siento pena de mí misma.

—Ahora vamos más despacio —me susurra Carla al oído.

—¿Quiénes?

—Nadia, tú y yo.

—Pero ¿por qué?

—Porque vamos a ir más despacio, luego correremos hacia la oscuridad, nos detendremos y nos esconderemos ahí unos minutos. En cuanto la costa esté despejada, iremos a buscar a Angelika.

El corazón me da un vuelco. Como cuando estoy entre una barra y la siguiente, entre galaxias, como cuando estoy con Carla y Nadia.

—No solo somos gimnastas con medallas de oro que están entre las diez primeras, sino que también somos heroínas. ¿A que sería fantástico? —dice Carla.

—Supongo —repito.

—Deja de decir «supongo».

Más adelante, Rachele va hablando a toda velocidad con Alex y no paran de decir «¡Sí! ¡Sí! ¡Sí!». Anna se ríe y, cuando Alex grita «¡Sí!», yo aminoro la marcha. Y aflojo un poco más mientras Rachele recita de nuevo la lista de medallas que hemos ganado. Van caminando deprisa por el frío y no tardan en alejarse. Rachele se da la vuelta solo una vez y nosotras tres levantamos los pulgares. Nos responde con el mismo gesto y parece satisfecha. Todavía puedo cambiar de opinión.

Si no quiero seguir a Carla y a Nadia, solo tengo que correr hacia Anna y, en un abrir y cerrar de ojos, alcanzaría a Rachele y a Alex.

—¿Quieres dejar que se muera de frío? —me pregunta Carla al verme dudar.

Niego con la cabeza. Quiero ser una heroína y no quiero dejar que Angelika se muera de frío. Tampoco quiero irme con Alex u oírle decir «sí». Está aquí la policía, también están los osos que quitan la nieve con pala; ¿cómo íbamos a ser nosotras las que la encontráramos? Y, además, ¿a Carla y a Nadia no les dan miedo los lobos?

—¿Así que quieres que su muerte sea culpa tuya? —añade Carla.

—No. Pero tengo mucho frío.

—No digas chorradas. Yo cuidaré de ti y te calentaré cada vez que quieras.

Carla, Nadia y yo aminoramos la marcha. En cuestión de segundos, todos los demás desaparecen.

—Diez, nueve, ocho, siete, seis, cinco —cuenta Carla.

Al llegar al cuatro, aún alcanzamos a oír sus voces. Llegado el dos, las voces se han ido. En el uno, Carla nos agarra las manos y juntas corremos hacia la nada. La nieve amortigua todos los sonidos. El viento los borra para siempre. Cuando nos alejamos unas docenas de metros, nos acuclillamos en la oscuridad. Carla y Nadia siguen de la mano y yo maldigo en silencio a mis pies por tomar el camino equivocado, por no correr en dirección a Rachele, en dirección a mi ducha calentita y a la ración doble de postre. Tengo que hacer pis y, en esta postura, me entran todavía más ganas.

—Hace una noche preciosa —comenta Carla pasado un rato—. Muy romántica.

—Llena de estrellas —agrega Nadia—. También he encargado esta luna inmensa para celebrar tu medalla de oro y nuestra gloriosa final.

Carla y Nadia se levantan. Empezamos a caminar de vuelta en dirección al gimnasio y bordeamos el bosque. Nos agachamos para ser aún más pequeñas y aún más invisibles a las linternas de la policía, que podrían pillarnos. Bajamos por el valle, fingiendo que somos serpientes y fantasmas, luego nos enderezamos al llegar de nuevo al puente. Caminamos más, despacio al principio, más rápido después, y el ritmo de nuestros pasos sobre el metal es el mismo que el de nuestros latidos.

Mientras están de espaldas a mí, trato de enviarles un mensaje a mis padres sin mirar el teléfono. Escribo que la competición ha ido bien. *Un abrazo*, le escribo a mi padre. *Ratón de todos los ratones. Un beso a la reina ratona*, escribo. Me guardo el teléfono en el bolsillo y alcanzo a las chicas.

—Pareces una tortuga —me dice Carla—. Lenta y perezosa.

Mis pasos se convierten de nuevo en sus pasos, hasta que Nadia se detiene en mitad del puente. Pienso que a lo mejor va a burlarse de mí porque me ha visto enviar los mensajes, y porque no las obedezco ni voy muy rápido. Pero entonces me doy cuenta de que ni siquiera me está mirando.

—Hace un frío que pela, estúpida —le dice Carla—. Muévete.

Nadia no responde y no se mueve. Yo ya estoy bastante harta de sus manías, de sus bloqueos y de la absurda idea de irnos a buscar a Angelika. Está oscureciendo y llevamos todo el día compitiendo. Carla ha renunciado a Karl, hemos vuelto a ser ganadoras y Nadia sigue castigándola. Ya basta.

—Nadia, se te va a frenar la regla con este frío —le dice Carla—. Se te va a congelar la sangre en la tripa. Vámonos.

Nadia toma aire, luego corre hacia el borde del puente. Corre como si fuese a saltar por encima y lanzarse a los coches que pasan por debajo. Me quedo con la boca abierta.

—¡Nadia! —me oigo gritar—. ¡Nadia!

Miro alrededor para ver qué cree que va a servirle de barra asimétrica o de potro. Podría agarrarse a cualquier cosa e impulsarse hacia el cielo sin estrellas. Carla y yo no lograremos verla en la oscuridad, aunque quizá la ilumine alguna linterna y entonces su caída será espectacular. Probablemente elija para su despedida un salto Thomas. Subirá. Bajará. Y oiremos luego un golpetazo contra la autopista. Después, solo silencio.

No quiero verla morir. Tengo clarísimo que no quiero verla morir.

—¡Nadia! —grita Carla.

Yo suelto otro grito y me giro. Cuento hasta dos, quizá ni siquiera llego al dos, y bajo nuestros pies un camión toca la bocina y otros coches pitan. Espero a oír el chirrido de los frenos. El sonido de su cuerpo al espachurrarse contra el asfalto ahí abajo. Pero el sonido no llega. Oigo otro claxon. Si Nadia ha saltado, habrá provocado un accidente. Los cláxones dejan de sonar y oigo que Carla echa a correr también. Me doy la vuelta, todavía con los ojos cerrados. El domingo de la revolución está acabando de un modo horrible.

Entonces, a punto de desmayarme, de vomitar, de gritar, me atrevo a volver a abrir los ojos y veo que Nadia sigue ahí. Se ha detenido al borde del puente, tiene el pecho apretado contra la barandilla, el cielo ya está negro frente a ella y el eco vibrante de los cláxones ha cesado a nuestro alrededor. A lo mejor Carla ha chasqueado los dedos para romper el hechizo, o ha pronunciado unas palabras mágicas. A lo mejor Nadia ya se había parado antes y nunca quiso morir.

—Gilipollas —le dice Carla.

Nadia se da la vuelta y sonríe. Está jadeando. Su pecho sube y baja, levantándole el abrigo. Su respiración forma un millón de nubecitas en el aire frío.

—¿Qué creías que iba a hacer? —pregunta.

—Que te jodan, me has asustado.

—Creías que me iba a suicidar.

—Ya quisieras, psicópata.

Empezamos a caminar de nuevo. A Carla le tiembla la barbilla, pero hace como si no hubiera pasado nada. Es lo que siempre hacemos, así que lo hacemos ahora también. Bajamos unos peldaños situados al lado del puente y nos acercamos al bosque. Tenemos los pies metidos en la nieve, que nos llega hasta las rodillas. Luego hasta la cadera. Me toco la punta de la nariz y descubro que es la nariz de un muñeco de nieve. Ahora es una zanahoria, así que me la toco una segunda vez para que se convierta de nuevo en mi nariz.

—¡Deja eso ya! —exclama Carla—. Estáis las dos como una puta cabra. Lo peor es que ni siquiera os dais cuenta.

—Por un segundo mi nariz era una zanahoria —explico.

—Claro que sí. A mí me ocurre a todas horas.

Se ríe y oímos acercarse las sirenas de la policía. Nos quedamos en la oscuridad y vemos cómo algunos de los demás equipos y sus entrenadores caminan en fila hacia el hotel, hacia sus habitaciones, el calor, las duchas calientes y la posibilidad de repetir postre. Distingo a los osos con sus abrigos, que igual que nosotras miran a su alrededor y gritan el nombre de Angelika. Los policías se dicen unos a otros: «Iremos por aquí, vosotros id por allí». Karl, guapo pero rígido como un juguete de plástico, adelanta a la policía y camina en dirección al hotel. Nadia señala hacia lo profundo del bosque.

—¿Por ahí? —pregunto—. ¿Estás segura?

—Sí, estoy segura, nariz de zanahoria.

Carla asiente y echamos a correr, atentas a los demás equipos, a la policía, a todo el mundo. Evitamos sus linternas y, más rápidas que la luz, más rápidas que sus pasos y sus voces, nos lanzamos hacia la espesura de los árboles. Nos entra la risa. Pero entonces miramos a nuestro alrededor y no vemos nada. Encendemos las linternas de nuestros móviles.

—¿Dónde estamos? —pregunto.

—¿Dónde estamos? —me imitan con tono lastimero.

Carla le agarra la mano a Nadia y empieza a caminar deprisa adentrándose en el bosque, siguiendo la luz de su linterna. Su actitud nos recuerda que, incluso aquí fuera, sigue siendo la jefa. E incluso aquí fuera es nuestra medallista de oro. Como no quiero darle ninguna satisfacción más, dejo de hablar y me prometo a mí misma que nunca más volveré a pedirle nada, jamás, en lo que me quede de vida.

Llegamos a la parte más frondosa del bosque y oímos voces que gritan «¡Angelika!», y otros que las mandan callar, con la esperanza de oír la voz de la chica, sus gritos de socorro. Nosotras caminamos a lo largo de un sendero por donde los árboles se van haciendo más altos.

—Quiero regresar al hotel —les digo, olvidándome de mi promesa de no volver a hablar jamás.

Carla me apunta a los ojos con la linterna. Se me contraen las pupilas tan deprisa que noto que me escuecen los ojos.

—Quiero regresar al hotel —repite, imitándome de nuevo, haciendo que mis palabras parezcan estúpidas.

Sigue caminando, así que yo también. Para dejar aún más claro que se está burlando de mí, se quita el gorro y se lo vuelve a poner dos veces, y se baja y se sube la cremallera del abrigo también dos veces, y dice «¿Quién soy?». Nadia y yo no respondemos, así que, tras algunos intentos más, deja de meterse conmigo y empieza a jugar con la luz de la linterna. Nadia parece cansada, más cansada que yo.

—¿Crees que vas a desmayarte? —le pregunto.

No me responde. La semana casi ha terminado y Carla y Nadia quieren arreglar las cosas y lo primero que tienen que hacer es librarse de la aburrida de Martina y volver a estar ellas dos solas contra el mundo. Pero ¿por qué habrá insistido Carla en que las acompañara al bosque si tanto me odian? Nos van a castigar a todas, eso seguro. A no ser que encontremos a Angelika. Entonces nos perdonarán y seremos famosas en todo el universo y haremos historia. Nosotras, las buenas chicas. En las fotos, Carla saldrá poniendo el brazo de Popeye. Nadia hará una reverencia. Yo me acariciaré la cabeza mientras sonrío con humildad.

—Era lo correcto —declararemos.

El bosque se vuelve más oscuro y frondoso, y Carla tropieza con la raíz de un árbol. La vemos desaparecer tras un montón de nieve y suelta un grito. Nadia me aprieta las manos. Caminamos hacia Carla, pero, sin la ayuda de la linterna, es difícil. Siento el aliento de Nadia en las orejas y me dan ganas de volver a preguntarle si está a punto de desmayarse. Su respiración suena rara, como la de un perro. Me la imagino con una lengua larguísima, como un dóberman. Le daría agua. Carne. Llegamos a la raíz del árbol, la pasamos por encima y, al inclinarnos para buscarla, Carla se nos echa encima desde detrás de una montañita de nieve.

—¡Uooo! —grita, y se pone a dar saltos con los brazos estirados y la linterna apuntándole hacia la barbilla—. ¡Uooo! —chilla de nuevo.

—¡Que te jodan! —le digo—. ¡Imbécil!

Nadia está furiosa. Le da un empujón a Carla y le quita el teléfono. Se marcha enfadada y empieza a alejarse de nosotras, así que la seguimos, y Carla no para de reírse. Yo ya me estoy recuperando de la impresión, de modo que también me entran ganas de reírme, porque el torrente de miedo me ha despertado. Al fin y al cabo, no está tan mal ir de paseo por el bosque, ni gastarnos bromas que nos asustan durante un segundo o dos, y además es una buena aventura, un buen telón de fondo, uno de los muchos que tendré en el futuro, a lo largo y ancho de este mundo. En bosques, en lagos ocultos de agua cálida y cristalina donde me bañaré desnuda, en paisajes infinitos donde viviré sola. Tengo que aprender a construirme una casa y a encender un fuego.

Nadia camina cada vez más deprisa y, para seguirle el ritmo, casi tenemos que ir corriendo. Las ramas están bajas, el peso de la nieve las dobla como si estuvieran tristes. Cuando llegamos a un claro, Carla levanta los brazos y, desde donde me encuentro, parece como si estuviese sujetando entre las manos la luna inmensa que Nadia ha encargado para ella, como si pudiera tocarla si saltase lo suficientemente alto. Hoy lo ha ganado todo y hoy podemos creer cualquier cosa.

—¡Volvamos al hotel! —ordena de pronto—. Ya hemos sido demasiado simpáticas con esa perra de Angelika. Además, tengo hambre y sed. Y nada de esto es divertido.

Nadia se ha detenido junto a un árbol. Carla se acerca a abrazarla, pero ella no se mueve.

—No sé qué vamos a hacer contigo, cabra loca —le dice—. Pareces destrozada. Y yo me aburro.

Y yo me imagino a Nadia destrozada literalmente, hecha trozos sobre la nieve. Un diente aquí. Un dedo allá. Trozos de un ojo y de su cabeza. Un pie y todos los pelos de sus pestañas colocados en fila sobre el lienzo blanco. Entonces Carla suelta un grito y yo ya no lo soporto más; ni el grito, ni a ella, ni sus bromas.

—¡Se acabó! —les digo—. Me largo.

Quiero meterme debajo de la colcha y escuchar música. Quiero cosas fáciles, normales y cálidas. Somos gimnastas, vale, nuestra vida es difícil y está un poco jodida, vale, pero ahora sí que nos estamos pasando. Aquí pongo mi límite. Pero entonces veo que Carla se lleva la mano a la boca, de modo que me vuelvo para mirar en su misma dirección. Nadia está llorando y veo que Carla ha empezado a temblar, así que fuerzo la vista y miro con más atención, hasta que veo a Angelika atada a un árbol. Le cuelga la cabeza hacia abajo y le cae el pelo por la frente. Junto a ella yace la pala de uno de los osos con abrigo. No se mueve. Tiene las piernas enterradas en la nieve, los brazos atados con cuerdas. En realidad, son vendas, de las que usamos para ponernos en las manos y en los pies durante los entrenamientos. Las mismas vendas que utilizó la muchacha china para suicidarse en la ducha.

«Angelika —pienso—. Te hemos encontrado». Sus brazos atados son en realidad un solo brazo.

Siento que mis piernas se han convertido en piedra. Y en hielo. Ya no sé cómo moverlas. Pero Nadia y Carla permanecen inertes, de manera que agarro una de mis piernas, después la otra, y camino hacia Angelika. No soporto verla ahí sola, tan quieta, helada. Pero, sobre todo, la nieve que le cubre las piernas me parece una tortura insoportable. ¿Son dos las piernas?

—¿Angelika? —le digo—. ¿Estás bien?

Carla me sigue sin quitarse la mano de la boca. Nadia está llorando a nuestra espalda y me dan ganas de detenerla, de verdad, para siempre. Amén.

—¡Cállate, Nadia! —le digo—. Cierra la boca.

Me arrodillo y veo que la nieve lleva tanto tiempo cayéndole encima a Angelika que le llega hasta la tripa. Le levanto la cabeza y aparto la mirada de inmediato. Vomito. Carla y yo retiramos la nieve con las manos, como perros que excavan buscando un hueso, después con la pala del oso, y le sacamos la pierna.

—¿Qué le pasa? —me pregunta Carla, llorando.

No se atreve a levantar la mirada. Soy yo la única que ve el rostro destrozado de Angelika. Con los dedos, también percibo una hendidura en el cráneo. Vomito de nuevo y vuelvo a agarrarla con las manos. Le levanto la cara y ahora Carla mira también. La cara está blanca. Azulada. Y rota.

—¿Qué coño le pasa? —grita—. ¿Está muerta?

Me vienen a la cabeza los lobos del bosque y las palabras «desgarrarla en pedazos». Me vienen a la cabeza con la voz de Anna. A Carla le entran arcadas, pero no le sale nada de la boca.

—Dios mío —repite una y otra vez—. ¿Quién ha hecho esto?

Mete los dedos en las bandas elásticas, las rasga con los dientes, consigue desatar a Angelika y trata de sujetarla erguida. Tiene la cara arañada y sangre en las mejillas. Parte de un ojo es más azul que el resto de su cara. Le faltan algunas partes. Bajo la nieve, tiene el pelo apelmazado por la sangre y la nariz cubierta de moratones y costras.

—Un lobo empieza por la tripa —nos había explicado Anna—. Es lo que les gusta.

No pienso mirarle la tripa. No quiero tocarla y no quiero saberlo. Me miro las manos y veo que no están manchadas con la sangre de Angelika. A lo mejor se trata de un sueño. A lo mejor es una de nuestras rimas y trucos, pura imaginación.

—Su sangre no me ha manchado, a lo mejor estamos en un sueño —digo en voz alta, y de inmediato me arrepiento de pronunciar tamaña idiotez. Me fijo con más atención y descubro que la mitad de mi abrigo está cubierta de sangre. Ahora también se me han manchado las manos. Todo parece más oscuro; la luna ha desaparecido. Igual que nuestras almas.

—¡Ve a buscar a la policía! —le grito a Nadia—. ¡Ve a buscar a alguien!

Pero no se mueve. Y no me mira. En su lugar, mira a Carla.

—Rojo, rojo, azul, amarillo / Coca-Cola Fanta membrillo / dientes rectos, pies rectos / tú por mí, yo por ti / cucu amarillo, Fanta membrillo / yo te cuido y tú me cuidas —dice.

—¡No me jodas, Nadia! —grita Carla—. ¡Ahora no! ¡Ve a buscar a alguien, joder!

—Rojo, rojo, azul, amarillo / Coca-Cola Fanta membrillo / dientes rectos, pies rectos / tú por mí, yo por ti / cucu amarillo, Fanta membrillo / yo te cuido y tú me cuidas —repite Nadia.

Carla se levanta con piernas temblorosas. Se acerca a Nadia. Yo no puedo moverme. No puedo respirar y no quiero quedarme sola en el bosque con Angelika. ¿Son estas las heridas causadas por las garras de un lobo? ¿Vendrán a comerme las piernas a mí también? Intento mirarla de nuevo. Veo que tiene la boca llena de palos; junto a ella están las tijeras que utilizamos para cortarme el pelo. Cierro los ojos de nuevo. «Imagínatela con palos en la boca», recuerdo que le dijo Carla a Nadia. Miro entonces a Nadia.

—Tú me lo pediste —está diciendo.

—¿Qué? ¿Qué te pedí? —dice Carla—. ¡Cállate!

—Que le metiese palos en la boca y le escupiese en los ojos hasta que se quedase ciega.

Carla da un paso atrás y me mira, mira a Angelika. Después de nuevo a Nadia.

—¿No vas a decir nada, Popeye? Tuve que ser tan fuerte como tú para vencerla. Primero tuve que arrearle en la cabeza con esa pala.

Nadia imita el gesto de Popeye que hace Carla, la cual retrocede un paso más, pero Nadia avanza hacia ella y la empuja. Entonces dice que lo siente.

—¿El qué? —pregunta Carla, muy despacio—. ¿Qué es lo que sientes?

—Haberte empujado, solo eso.

Carla empieza a llorar con más fuerza. Está sacudiendo la cabeza y se encoge dentro de su abrigo. Tiene mucho frío y yo nunca la había visto tan encorvada.

—¡Estira la espalda! —le diría nuestra entrenadora—. ¡Pareces una vieja! Mete tripa. No seas tan dramática.

Pero aquí no hay entrenadores. Estamos solo nosotras.

—Pero ¿qué es lo que has hecho? —murmura Carla. Entonces grita—: ¿Qué has hecho?

—Te quiero, Popeye.

Carla grita aún más, como si se hubiera cortado con algo. Cae de rodillas, sollozando con tal fuerza que yo me siento incapaz de hacerlo. Es como si ella sollozara por todas. Nadia le da una palmadita en la espalda. Después en la cabeza. Parece orgullosa, como cuando mi gato me ofreció un lagarto muerto. La presa era para mí. Era un regalo.

—Le di en la cabeza cuando corría. La apuñalé con las tijeras —explica Nadia—. La até al árbol. Lo de los palos en la boca vino después.

—¡Me das asco! —grita Carla—. ¡Estás enferma!

—Lo hice por ti. Por nosotras y por el equipo. Los lobos deben de haberme ayudado también. Qué monos.

Sujeto a Angelika con fuerza porque me parece la única cosa segura que puedo hacer, el único lugar donde puedo estar. Me quedo aquí incluso cuando Carla sale corriendo y Nadia se queda delante de mí, viendo cómo Carla huye.

—¿Estás bien? —me pregunta con su voz más dulce.

Respondo que sí con la cabeza y, cuando se marcha, me agacho más aún y me hago pis. Me empapo entera y, por un momento, siento el calor, reconfortante, y eso me parece lo correcto. De pronto estoy tan cansada que podría tumbarme aquí mismo y dormir, sobre el regazo destrozado de Angelika. Me rebusco en los bolsillos. Quiero llamar a mi madre, pero ya no me siento las manos. Será por el frío. O porque mi vida se acaba. Ahora el pis me quema por debajo de los pantalones, por detrás de las rodillas. Me imagino a Angelika muriéndose y tengo que parar de inmediato. Me imagino a Nadia en prisión. Frente a la policía.

—Algún día le contaré a la policía lo de Alex —nos dijo hace un par de años a Carla y a mí.

Ella fue la única que me acompañó a hablar con Rachele y está claro que aquello no funcionó. Después volvió a hablar con ella a solas en varias ocasiones, y eso tampoco funcionó. En aquel entonces, Carla se limitó a poner los ojos en blanco.

—Buena chica, inténtalo —le dijo—. Ya verás que después de eso sigue sin decir nada.

—¿De verdad lo harías? —le pregunté yo a Nadia—. ¿Serías tan valiente como para contárselo a la policía?

—Si me encuentro con un policía amable, sí, por supuesto.

De inmediato pensé que jamás se encontraría con un policía amable. Aun así, me pareció mejor que nada. Me pareció algo a lo que poder aspirar. A lo que aferrarnos.

—Gracias —le dije entonces.

—¿Por qué ibas a darme las gracias? —me preguntó riéndose.

Me rasco y la cabeza de Angelika resbala y queda apoyada contra mí. La enderezo y me levanto. Si me marcho, soy mala, pero si me quedo me congelaré. Empiezan a dolerme los pies, también la cara. Me abofeteo las mejillas dos veces y siento como si no tuviera mejillas. En su lugar hay un agujero, como el que quizá tenga Angelika en la tripa. Intento levantarla de nuevo, cargármela al hombro. Es ligera, muy ligera, pero está rígida y no puedo agarrarla bien. Se me hunden los pies en la nieve bajo mi peso y el suyo. No logro ver nada, así que la tumbo en el suelo y la tapo con mi abrigo de plumas.

—Voy a buscar a alguien —le digo, aunque no pueda oírme—. Enseguida vuelvo.

Empiezo a correr. Está nevando con más intensidad y ya estoy harta de tanta nieve y de tanta carrera y de tanta caída. Harta de tanta palabra, de tanto dolor y de tanto miedo. Estoy harta de este domingo, de nosotras. Aprieto los puños y no siento nada. No solo se me ha entumecido la cara, también las manos y el corazón. Siento que voy corriendo con la cara de mi padre en lugar de la mía. Cuando era pequeña, mi padre solía ir a entrenar todavía. Sus mejillas flácidas le temblaban e iba con la boca abierta. Con cada paso le rebotaban hasta los labios, con cada aceleración se le aceleraba también la respiración.

—El deporte más barato del mundo entero —solía decir—. Ni siquiera se necesitan zapatos.

Yo lo veía desde la ventana y él me sonreía. En mil ocasiones me había imaginado que se moría con esa misma sonrisa. Me lo había imaginado suicidándose y dejando una nota de suicidio con las palabras «soy feliz» escritas en ella. Unas veces su nota tenía su caligrafía; otras, la mía.

Mañana le diré que se ha acabado. Mis mentiras, sus mentiras. Sé que no es feliz. Sabe que no soy feliz. Sé que está asustado y sabe que estoy asustada. Siento su aliento en las orejas y lo ahuyento con la mano.

Mientras corro por la nieve, notando que mis pies están a punto de rendirse, las luces del hotel están cada vez más cerca y, cuando la cara de mi padre se me cae de la mía, todavía noto sus pasos detrás de mí, junto con los de Alex, Angelika y Nadia. Los de todos los entrenadores que he tenido hasta la fecha. Vittorio. Rachele. Sus manos, sus voces. Las manos de Alex, la voz de Alex. Las voces de todos los adultos del mundo.

Emerjo del bosque delante del hotel y veo a Carla abrazada a Karl. Cuando me ve, se aparta y corre hacia Rachele. Están todos ahí fuera, probablemente buscando a Angelika. Carla está sollozando. Le tiemblan la espalda, los hombros y la cabeza.

Nadia, todavía a lo lejos, va caminando por la nieve hacia ellos. Carla intenta mirarla, pero no puede y vuelve a esconder el rostro entre los pechos de Rachele, a la sombra de ese enorme flequillo suyo, congelado ahora por el frío y el terror. Sé exactamente cómo es el olor cuando se está tan cerca de la entrenadora y de sus tetas. Las pocas ocasiones en que Rachele me ha abrazado, he sentido la misma textura, el mismo olor a sudor, crema y desodorante. ¿Carla se lo va a contar? ¿O quizá son más importantes el equipo, la competición y las Olimpiadas? ¿El asesinato que ha cometido Nadia lo hemos cometido también nosotras?

Un cuerpo, un corazón.

La policía no sigue a Nadia y nadie se acerca a ella. A lo mejor Carla todavía no ha encontrado las palabras. Se aferra a su medalla de oro y llora con más fuerza. Alex la abraza. Ella lo aparta de un empujón. Veo un *flash*, después otro. Carla está ahora llorando de cara a las cámaras de los pocos periodistas que siguen aquí de la competición, con un lado de la cabeza apoyado en Rachele. Tiene el rímel corrido, lo que hace que brillen sus mejillas negras.

Los osos quitanieves con abrigo están muy quietos y, como yo, ahora miran a Nadia, mientras los equipos, vestidos con sus uniformes de colores, se reúnen en el patio, y la gomina de su pelo brilla en la oscuridad. Callan las sirenas de la policía, pero las luces de los techos de los coches parpadean y cambian el color de la nieve, del cielo, de las caras de aquellos más cercanos a la carretera.

De mi cara. De la de Nadia.

Nos volvemos rojos. Luego azules.

Me invade la cabeza el recuerdo de los fuegos artificiales un asfixiante mes de agosto. Con mi madre y mi padre. Habíamos trepado a unos viejos contenedores, mi madre se reía mientras levantábamos la barbilla hacia el cielo para ver explotar los colores. Me subía un calor horrible por los pies. Pensaba que se me iban a derretir los zapatos. Mi madre no paraba de decir: «¡Qué bien se está aquí!». Mi padre le agarraba una mano y, con la otra, estrechaba la mía. Al alba, mientras regresábamos caminando a casa, me quedé atrás, viendo cómo mi madre se tambaleaba, con los talones cuarteados y sangrando.

Había dicho: «La mejor noche de mi vida», y, cuando volvió a decirlo, empezaron a sangrarle los talones más aún.

Siento náuseas y caigo de espaldas sobre la nieve. Nadia se mueve unos pasos más y se quita el abrigo. Se detiene y se quita los zapatos, los pantalones. Carla se vuelve y los flashes de las cámaras se vuelven con ella, y los equipos ahora solo tienen ojos para Nadia. Se está quitando la sudadera, la camiseta. Rachele se lleva las manos a la boca. La odio. ¿Por qué no me hizo caso? ¿Por qué no impidió que se rompieran nuestros cuerpos y nuestras mentes? Esto es todo culpa de ellos. Me imagino a la madre de Nadia diciendo: «Mi error ha cometido un error».

Los destellos de luz de los coches y de las linternas dibujan ahora líneas rojas y azules sobre la piel de Nadia. Parpadeantes, como la luz de un faro. Rachele está a punto de ir a por Nadia, pero Carla le susurra algo y nuestra entrenadora abre los ojos desmesuradamente. Carla se lo ha contado. ¿Qué palabras habrá usado? ¿Asesinato? ¿Asesina?

Las luces de la policía hacen que la cara de Rachele parezca aún más monstruosa.

Pienso en Angelika con moratones en la cara, sin tripa. Y sin nadie que la proteja. Ayer. Ni nunca. Pienso en ella cubierta con mi abrigo y sé que no le alegraría acabar su vida bajo la bandera de un equipo rival. Tengo que decirle a alguien dónde está. Tengo que llevarla a un lugar cálido. Y quitarle esa bandera.

Tengo que decirle a alguien dónde estamos todas y quitarnos esta bandera.

Nadia da unos pasos más, cinco, puede que seis. Entonces se detiene, se queda totalmente quieta y estirada, con el culo respingón, ese culo tan característico nuestro, y la columna brillante bajo las luces. Parece una niña.

—Tengo que hablar con un policía amable —dice.

Confío en que la luna inmensa le caiga en la cabeza, nos caiga en la cabeza, le haga desaparecer, nos haga desaparecer, ahora y para siempre. Amén.

—Luna, cae —digo en voz alta—. ¡Cae!

Pero no sucede nada.

Nadia se quita una de las mangas rosas del maillot, después la otra, y lo enrolla todo. Desde atrás, la vemos desnuda y diminuta, sobre una nieve que ya ni siquiera parece estar fría. Se arrodilla y se vuelve aún más pequeña, una cabeza y unos pocos centímetros de la espalda más pequeña del mundo, del cuerpo más pequeño del mundo, mientras todo a su alrededor queda inerte. Hay silencio por todas partes. Todos dejamos de respirar al mismo tiempo y, vistos desde arriba, debe de parecer que estamos posando para una fotografía, tanta gente y ningún movimiento, no se mueve ni un solo pie. Nadie deja escapar la respiración.

Que alguien haga clic. Un *flash*. Clic.

Me vibra el teléfono. Entonces empieza a sonar con la melodía habitual, esa que hace que me avergüence. Lo agarro y veo que es mi padre. Lo dejo sonar en mi mano y el nombre «Papá» parpadea. No sé qué hacer con el teléfono y con la palabra *papá*. Cuando por fin cesa, vuelvo a guardármelo en el bolsillo. Miro a Nadia, completamente desnuda en la nieve, con el maillot rosa junto a ella. Miro a Carla llorando y a Rachele con esa mano en la boca.

Tengo frío. Y estoy muy muy cansada.

Me doy la vuelta y enfilo hacia el hotel. Camino hasta la entrada, paso junto a los osos con abrigo, que ya no se ríen. Tampoco se mueven. Es posible que todo el mundo esté en pausa y yo sea la única capaz de pulsar el *play*. Si grito, nadie se dará la vuelta. Si lloro, nadie vendrá a consolarme.

—La golpeó con vuestra pala. La ató. Le metió palos en la boca. Y puede que un lobo le haya comido la tripa —les digo a los osos—. Pero ella también está herida. Y los lobos nos han comido la tripa a nosotras también. Desde siempre.

Los osos no me miran. Es posible que ni siquiera lo haya dicho en voz alta; que mi boca no se haya abierto y que esta ni siquiera siga ahí, en mi cara. No tengo fuerzas para comprobarlo, así que no me paso la mano por los labios ni trato de arreglarlo. Si ya no tengo boca, no puedo hacer nada al respecto ni hay nada que arreglar.

En el vestíbulo, me giro una última vez y contemplo la escena mientras la policía avanza hacia Nadia. De verdad espero que encuentre a un policía amable. Llamo al ascensor, pero no espero a que venga. Tomo las escaleras de servicio y subo andando hasta nuestra habitación; ahí miro la cama de Nadia, su mochila, sus maillots. Me siento en el colchón y enciendo la luz de la mesilla. En el espejo veo una cabeza de pelo pincho y la cara de alguien que se parece muchísimo a mí, pero desde luego no soy yo. Apago la lámpara.

—La gente es asquerosa —le dijo anoche Carla a Nadia.

Eso sucedió tan solo unas pocas horas antes de que, como ahora sé, Nadia abandonase la habitación, el hotel de los tiempos de la guerra, y persiguiera a Angelika por el bosque mientras esta corría.

—Siempre tienen defectos. Granos. Huelen mal. O son patéticos vistos desde atrás. Si miras con atención, sus poros, por ejemplo, o el esmalte cuarteado de las uñas, todo el mundo tiene algún defecto. De esa forma, ya nadie te da miedo.

—Si alguien es bueno, pero tiene algún defecto, entonces ¿ya no te amenaza?

—Solo me da asco.

—Angelika no tiene granos —dijo entonces Nadia—. Y no parece tener defectos.

—Angelika está amarilla. Y es un bicho raro. Asquerosísima. Además, espero que se muera.

Nos reímos las tres, aun sabiendo que Angelika no estaba en absoluto amarilla. Aunque nosotras mismas nos sintiéramos a menudo unos bichos raros y también tuviésemos granos. Y aunque, como de costumbre, hubiéramos convocado a la muerte. Carla se tumbó encima de Nadia y esta dijo que le gustaba, porque debe de ser agradable sentir el peso de alguien sobre ti, sus piernas contra las tuyas, su piel contra tu piel. Debe de ser precioso dejar que alguien a quien amas te afloje la espalda. Gracias a su placer, yo sentí ese mismo placer y parte de su amor.

—Dime cuáles son tus cinco cosas favoritas del universo —le preguntó Nadia.

—La gimnasia. Tú. El mar. Ganar. No se me ocurre una quinta. Dime las tuyas.

—La gimnasia. Tú. Mamá.

—¿Mamá? —exclamó Carla—. ¿De verdad has dicho «mamá»?

Carla lo repitió un millón de veces, «¿mamá?, ¿mamá?», haciendo cada vez más presión sobre Nadia. Y Nadia, atrapada debajo de ella, se reía con tanta fuerza que apenas podía respirar. Yo me reí con ellas, tratando de hacerme oír, antes de cerrar los ojos y pensar en mis cinco cosas favoritas del universo.

En mi caso, la primera también fue la gimnasia.

AGRADECIMIENTOS

Ningún libro es jamás obra de una sola persona. Este en particular es el resultado de muchas voces reunidas a lo largo de los años. También es el resultado de muchas ideas de personas diferentes, que han visto la gimnasia, el día a día y la vida de nuestras chicas —y esta historia— de un modo, a menudo, radicalmente opuesto al mío. *Corpo Libero* o *The Girls Are Good* se publicó por primera vez en 2010: empezó su recorrido siendo una película para la directora Martina Amati. Nunca llegamos a hacer esa película, pero la historia le pertenece a ella también, así como la visión: gracias. Esta historia también pertenece a un entrenador con quien trabajé durante mucho tiempo y que, pese a su amor inmenso por este deporte y por su trabajo, no fue capaz de seguir aceptando las cosas terribles que presenciaba. Me ofreció su dolor y el de las chicas para que me encargara de ello, por y para siempre, al tiempo que me daba consejo y permiso para revelar algunos de los horrores de los que había sido testigo. Este libro también está escrito por todas las gimnastas a las que he conocido y todas aquellas a las que jamás he conocido, pero a quienes he observado y querido, desde cerca y desde lejos, que se han caído y han vuelto a levantarse o, a veces, no volvieron a levantarse más. Las que me encandilaron. Las que me conmovieron. Y las que me rompieron. Confío en que sus voces, lo que oía de esas voces, estén plasmadas en estas páginas y que hayan alimentado y moldeado las voces de Martina y de las demás chicas. Gracias. Esta historia ha adoptado ahora una nueva dimensión y un nuevo significado para mí, gracias a todos los gimnastas, cuyos nombres ahora conocemos, cuyas caras ahora conocemos, que —muchos años después de la primera publicación de esta novela, cuando aún se silenciaba todo el horror— hablaron públicamente y con determinación, rompiendo un muro que parecía indestructible. Ellos han dado paso a una inmensa revolución y, por eso, les estaremos siempre agradecidos. Gracias, sois héroes.

Esta novela también existe gracias a aquellos que la han leído, releído, escrito y reescrito conmigo cientos de veces durante años: os estaré siempre agradecida.

A mis editores: Alberto Rollo, que ha estado a mi lado desde el principio, Linda Fava y Gillian Stern, quienes confío en que sigan a mi lado y son siempre mis primeras y mis últimas lectoras. Sois mis aliados y mis maestros: gracias. A mi editorial italiana, Mondadori, que creyó que volver a esta historia, años más tarde, era una decisión adecuada y, de hecho, necesaria. Gracias a Phoebe Morgan, mi brillante editora de HarperCollins, que llenó esta nueva fase con energía, poder y magia: tengo mucha suerte de que quisieras este libro. Elizabeth Sheinkman, mi agente en Peter Fraser + Dunlop, que me apoya, me aconseja y se ríe conmigo: gracias. Carmen Prestia, mi agente en Alferj Prestia, que escucha todas mis ideas y siempre se le ocurre una mejor: gracias. Ellie Game, que diseñó la asombrosa cubierta: gracias, me encanta.

Esta historia también existe gracias a los guionistas que van a darle una nueva vida en la adaptación televisiva: mi fiel compañera de batalla Ludovica Rampoldi, la luminosa y sobrenatural Chiara Barzini, y la talentosa gimnasta y escritora Giordana Mari: mejoráis la voz de todo, siempre, y les dais una nueva vida a las chicas, una vida llena de luz, magia y fuerza. Estoy asombrada. Gracias a la fuerza y voluntad inagotables de las productoras: Nicola Giuliano, Carlotta Calori, Francesca Cima y Viola Prestieri, junto al brillante equipo de Indigo Film, Marica Gungui y Federica Felice. Durante más de diez años habéis creído en estas chicas, nunca las habéis abandonado, como tampoco me habéis abandonado a mí: gracias. A los espléndidos directores Cosima Spender y Valerio Bonelli, que no dudaron ni un segundo en sumarse a esta obsesión y convertirla en suya: gracias.

A Leo y a Elia, mis amores, la vida con vosotros es una magnífica voltereta doble hacia atrás con tres giros, una locura, pero es mi favorita. Gracias. Un cuerpo. Un corazón.